HUMUS

- Mord in Straden -

von

Michael Nehsl

Leykam

Gestaltung Cover: Gerald Flor, A-8345 Straden
Korrektorat: Mag. Elisabeth Klöckl-Stadler, www.zwiebelfisch.at
Buchdruck und -bindung: Druckerei Theiss GmbH,
A-9431 St. Stefan im Lavanttal
Gesamtherstellung: Leykam Buchverlag

ISBN 978-3-7011-7908-4
www.leykamverlag.at

Kapitel I – von Rosen und Pistolen

Straden, Hauptpfarrkirche, heute …

Jede Reise endet irgendwann, meine in einem Rosenbeet. Ausgerechnet! „Sommerwind“ nennt man die wuchernden Gewächse, die buschig, sehr verzweigt und äußerst robust sind – solange man sie richtig düngt. Ich war nie ein Freund von Rosen, warum also jetzt damit anfangen.
Am Vormittag war ich – oder das, was von mir übrig war – angekommen. Wahrscheinlich ist „angeliefert“ die treffendere Beschreibung, was soll's, reine Haarspalterei. Messdiener Ferdinand hatte die Empfangsquittung selbst unterzeichnet. Natürlich hatte er mich nicht bemerkt, wie auch all die anderen Stradener nicht, in seinem Fall aber verwunderte es mich noch weniger.
Als Mann hatte er mich nie interessiert. Beruflich hatten wir, wenn er für Mauritz nicht gerade Wein bestellt hatte, nichts miteinander zu tun gehabt. Seine Leidenschaft galt dem 1. Brief des Paulus an die Korinther, meine der sexuellen Freiheit. Er lebte für seinen Gott, und ich – keine Ahnung. Ich war halt da. In Anbetracht der letzten Monate war sogar das ein Wunder. Noch nie hatte ich von einem vergleichbaren Schicksal gehört, aber angeblich soll man als Überlebender eines Kapitalverbrechens dankbar sein. Wem gegenüber bitte? Seinem Peiniger, dass er einen, wenn auch nur versehentlich, doch nicht umgebracht hat? Dem göttlichen Schicksal, dass es mit Qual und Schmerz nicht einmal bis zum nächsten Leben, dem berühmten danach, warten konnte? Nein, Dankbarkeit war wahrlich nicht angebracht. Ob Leben oder Tod, die Gemeinsamkeit liegt im verdammten Ist-Zustand. Entweder ist man tot oder man ist lebendig. Die einen wünschen sich das eine, die anderen das andere, manch einer gar nichts und trotzdem ist man, was man ist – eine verdammte Zustandsform. Nicht mehr, nicht weniger!

Edith, die schräge und definitiv verkalkte Haushälterin, rollte mich persönlich vom LKW zum Blumenbeet. Sie war zwar alt, hatte aber gütige, warme Hände. Behutsam, stets bedacht, mir keine weiteren Verletzungen zuzufügen, bettete sie mich sanft neben, teils unter die Äste des Rosenstocks. Letzteres war nicht wirklich angenehm, vielleicht auch ein Grund, warum ich Rosen nie leiden konnte – wegen ihrer Dornen. Grundsätzlich aber versorgte mich Monsignore Rangls Haushälterin so gut sie konnte. Zwischendurch nahm sie sich sogar die Zeit, um mich durch ihre Finger zu liebkosen. Ein angenehmes Gefühl, auch wenn mir gewisse Berührungen unter Frauen fremd waren, Edith war anders, war liebevoller.
Mit Blick auf die Atlas-Zeder, dem achtundzwanzig Meter hohen Naturdenkmal Stradens, war ich eingeschlafen. Nur kurz, nicht annähernd so lange wie der 220 Jahre alte Baum neben mir, dann spürte ich, wie sich der Spaten zwischen mich und mein erdiges Bett schob. Der brutale Messdiener stach mit aller Kraft auf mich ein, warf mir alte Erde ins Gesicht, nur um mit dem nächsten Schaufelhieb Boden und Gesicht voneinander zu trennen. Dabei sah er nicht böse aus, sann nicht auf Rache, wie es das Miststück getan hatte. Es verschaffte ihm keine sichtliche Befriedigung. Er tat es mit dem Gesichtsausdruck, den Menschen beim Verrichten ganz alltäglicher Arbeiten haben. Krank!
Edith sah kurz zu und ging schließlich weg. Ganz einfach, ohne ein Wort zu sagen, ohne zu helfen. Mit ihr gingen Schmerz und Hoffnung. Was blieb, war der verdammte Messdiener, der so gerne aus dem 1. Briefe Paulus' an die Korinther zitierte und so leidenschaftlich mit dem Spaten auf mich einstach. Immer wieder, unaufhörlich!

Vor sechs Monaten …

Als sie an diesem Abend die Gärtnerei verließ, wusste sie nicht so recht, was sie zuerst machen sollte. Lachen? Heulen? Schreien? Lachen über die Naivität, einem Mann zu vertrauen, der sie in fünfzehn Ehejahren mit drei unterschiedlichen Frauen betrogen hatte!? Heulen, weil sogar das nur eine vage Schätzung war und sie ihn trotz alledem nicht nicht lieben konnte? Oder sollte sie vor Wut brüllen, weil sie die einzige Person in dieser Ruine namens Ehe war, die noch den Willen hatte, an deren Fortbestand zu arbeiten? Wozu das Ganze? Zu welchem Zweck? Damit er weiterhin Geld aus dem Unternehmen, das sie erst erfolgreich gemacht hatte, ziehen konnte? Dachte er wirklich, dass sie keine anderweitigen Möglichkeiten gehabt hätte?

Nein, das Lachen war ihr vergangen. Verzweiflung machte sich breit – und Wut. Mit einem kräftigen Druck auf das Bremspedal und unter tatkräftiger Mithilfe der elektronischen Assistenzsysteme brachte sie den SUV zum Stehen. Sie sprang aus dem Auto, knallte die Tür hinter sich zu.

„Scheiß Protzkarre!", fauchte sie den wie immer nicht antwortenden Mercedes an.

„Niemals hätte ich dich Kübel gekauft … aber ich wollte es ihm ja unbedingt recht machen … ihm eine Freude bereiten … ihm meine Liebe zeigen!!!"

Während Frau Recknal ihren Seelenschmerz in den nebelverdeckten Nachthimmel brüllte, schlug sie mit dem faustgroßen Stein, den ein wohl gnädiger Racheengel hatte fallen lassen, wie besessen auf die Autotüre ein. Erst als die Türe eine fast durchgehend konkave Wölbung aufwies, ließ sie von ihr ab. Der Adrenalinschub hatte nachgelassen, der rechte Arm wurde schwer, der „Tatstein" glitt aus ihrer Hand, fiel auf den kalten Boden. Sie war am Boden. Während ihr dicke Tränen über die Wangen liefen, griff sie durch die zerborstene Fensterscheibe hindurch zur Mittelkonsole. Dort lagen ein Päckchen Memphis und eine Pistole – sie beschloss, beides mitzunehmen. In Trance stapfte sie über den gefrorenen Ackerboden, immer der Feldmitte zu. Auf einmal, wie aus dem Nichts, war er da – der perfekte Platz. Sie ließ sich nieder, entkräftet, von inneren Schmerzen geplagt.

Auf dem Rücken liegend trotzte sie dem kalten Untergrund, versuchte vergebens, sich der inneren Leere zu stellen. Sie streckte ihre kraftlosen Beine von sich und entzündete eine Zigarette, die Pistole griffbereit zu ihrer Rechten liegend. Dabei starrte sie in den Himmel, durch den dicken Nebelvorhang war nur ein einzelner Stern zu erkennen, und doch war es der klarste Augenblick ihres Lebens. Als würde Gott persönlich zu ihr sprechen, ihr die Worte in den Mund gelegt haben. Sie musste keine Arche bauen, um die Artenvielfalt zu erhalten, ihre Aufgabe lag im Schutz der Familie.

„Wer nach den Sternen greift, schiebt Nebel beiseite. Glück widerfährt jenen, die Widerstände beseitigen" – die göttliche Botschaft ergab Sinn.

Das Bild formte sich zu einem Gesicht. Verboten schön waren ihre Augen, waren ihre Haare. Entfernt hörte sie eine Stimme, sie lächelte. Gleich würde es kein Gesicht, keine blauen Augen, keine Stimme und kein Unglück mehr geben. Langsam hob sie die Waffe, richtete die Mündung gegen das Bildnis, gegen den Laut, den der Himmelsvorhang nun freigab. Der Zeigefinger krümmte sich um den Abzug – ein kleiner Klick für sie, ein großer für die Ehe – es wurde dunkel.

Ist es moralisch fragwürdig? Ja, wenn man an Moral glaubt. Für mich ist Moral Mittel zum Zweck, ein gesellschaftliches Dogma – gemacht von den Schwachen, um starke Frauen zu fesseln. Trotzdem hatte ich ein schlechtes Gefühl! Oder ich glaubte nur, eines haben zu müssen, was auf dasselbe hinausläuft. Als ich an diesem Abend durch das Gleichenberger Tal nach Hause fuhr, dachte ich über die vergangenen Monate, über Martin nach. Der Schluss blieb derselbe – es ist gut, wie es ist. Warum also ein schlechtes Gewissen haben? Entweder war man Jägerin oder Opfer. Im Krieg und in der Liebe ist schließlich alles erlaubt. Wer also die Affäre liebt, ist zwangsläufig mit der Dorfgesellschaft im Krieg und somit doppelt abgesichert. So ist das Land generell, Straden bildete da keine Ausnahme.
Die B66 in Richtung Radkersburg war in jenen Herbsttagen ein Härtetest für jede Bandscheibe. Der Bund musste sparen, das Land und die Gemeinden sowieso, also war das Ausbessern der Schlaglöcher auf den nächsten Frühling verschoben worden. Schon wieder.
Mein Rücken war zu diesem Zeitpunkt durch andere, angenehmere, Aktivitäten bereits strapaziert gewesen. Um der Kraterlandschaft zu entgehen, fuhr ich bei Stainz ab und nahm stattdessen die Feldstraße nach Muggendorf. Keine besonders gute Idee übrigens, ich war keine dreihundert Meter gekommen und musste schon wieder anhalten. Diesmal war es kein Straßenloch, das mich blockierte, sondern ein Mercedes.
Das Licht war eingeschaltet, nur der Fahrer hatte offensichtlich vergessen, die Warnblinkanlage zu aktivieren. Wahrscheinlich einer dieser „Hut-Typen", zu alt für die ÖBB-Seniorenkarte, aber noch stolzer Führerscheinbesitzer. Wollte ich also weiterkommen, ohne in den Acker auszuweichen, musste ich wohl nach dem Rechten sehen. Danke Gott – als hätte ich sonst keine Probleme!

Schlagworte wie „Frau-alleine-Nacht“ schossen mir kurz durch den Kopf. Nur kurz, schnell hatte ich sie wieder verworfen. Was bitte sollte ausgerechnet hier passieren? Wenn zwischendurch einmal ein Hase überfahren wurde, galt das hierzulande schon als Event. Nein, von diesem Landstrich würde keine Gefahr ausgehen. Vier Kirchen, drei Kühe, zwei Gasthäuser und ein gelangweilter Priester – ich war keine fünf Kilometer von Straden entfernt. Und Straden war schließlich nicht New York, nicht einmal Graz oder Feldbach. Hier galten andere Gesetze. Man kennt sich, man grüßt sich, man hilft einander – zumindest solange man beobachtet wird.
Ich stieg aus, das Kennzeichen des Fahrzeugs, „RA – RG 1“, sagte mir nicht nur, wem der Wagen gehörte, sondern auch, dass das Schicksal Sinn für Ironie haben musste. Die Fahrertür war ziemlich verbeult, das Seitenfenster geborsten, alles deutete auf einen Wildschaden hin. Einzig das Wild fehlte – und Frau Recknal, die Erbin und Geschäftsführerin des regionalen Gärtnerei- und Kompostierungsunternehmens „Recknal's gARTen“.
Mit der Taschenlampe, die man hier im Vulkanland so sicher im Auto hat wie das Reserverad, leuchtete ich den Boden um den Mercedes herum ab und entdeckte Fußspuren. Natürlich führten sie in den Acker. Natürlich trug ich Stiefel mit 11-Zentimeter-Absätzen. Natürlich antwortete niemand auf meine Rufe, denkbar schlecht ausgerüstet folgte ich den Fußabdrücken. Es war ein seltsames Gefühl, über den halbgefrorenen Ackerboden zu gehen. Unwirklich! Mal war er hart genug, um auf dem Tau beinahe auszurutschen, dann wieder ganz weich, und man sank mehrere Zentimeter ein. In jedem Fall aber hatte er es auf meine „Andies“ abgesehen. Soviel stand fest, der humusreiche Boden war nicht gerade ein Freund meiner Stiefeletten. Kurz spielte ich sogar mit dem Gedanken, einfach

umzudrehen, der Drecksacker drohte meine Stiefeletten, teure Stücke von Michael Kors, zu zerstören.
Nachdem ich gute zweihundert Meter querfeldein gelaufen war, entdeckte ich sie schließlich. Sie lag auf dem Rücken, wie ein Schneeengel ohne Schnee, dafür mit Jauche und halbgefrorenen Erdbrocken bedeckt. Anfangs sah ich nur die zwischen Ober- und Unterlippe eingeklemmte Zigarette, bemerkte das regelmäßige Aufglimmen der Glut. Sie atmete offensichtlich, reagierte aber nicht auf meine Zurufe. Ich beugte mich über sie …
„Fuck!", meine innere Stimme schrie auf, äußerlich war ich aber erstarrt. Ich blickte geradewegs in den Lauf einer Pistole. Mein Kopf als riesengroße Zielscheibe vom Vollmond ausgeleuchtet – wie abgedroschen, ein schlechter Film und dennoch real. Ein provokantes Grinsen! Das Miststück lächelte mich tatsächlich an. Als ob sie auf mich gewartet hätte, als wäre ich Anfang und Ende ihrer Probleme. Regungslos stand ich über ihr, nahm alles im Zeitraffer wahr. Ihr rechter Finger spannte sich um den Abzugshahn, ich war paralysiert, konnte ihre Augen, das Feuer, konnte mein Ende sehen. Es war der letzte Augenblick, bevor das Adrenalin die Kontrolle übernahm. Reflexartig trat ich die Waffe aus ihrer Hand. Mein zweiter Tritt traf sie in den Magen, mein dritter an der Schläfe. Vier, fünf und sechs folgten, ehe ich mich wieder beruhigt hatte. Zitternd stand ich neben ihr, trat ihr nochmals in die Rippen. Und nochmals. Das Adrenalin baute sich nur langsam ab. „Miststück!", während ich sie beschimpfte, fühlte ich ihren Puls, sie war bewusstlos, lebte aber. Ich lebte, was mir in diesem Augenblick mindestens genauso wichtig war.
Das hat man also davon, wenn man hilfsbereit ist – man kommt selbst unter die Räder. Oder unter den Acker, wird selbst zum verdammten Acker. Meine Gedanken kreisten im-

mer noch um die Pistolenmündung. Ein Schockzustand ist nichts Reales, man ist verwirrt, sieht Vergangenheit und Zukunft gleichzeitig – in Zeitlupe durch Milchglas. Nur langsam konnte ich mich beruhigen, suchte den Horizont nach Hilfe ab. Nichts. Keine Menschenseele!
Ich beschloss zu gehen – wer war ich denn überhaupt? Eine Samariterin? Mutter Teresa? Wer hatte denn hier die Schraube locker? Wer hat sich denn mitten in der Nacht mit einer Pistole in den Acker gelegt?! Und wer wäre um ein Haar erschossen worden? Genau – ich, die gute Seele! Nein, sollte sie doch an einer Lungenentzündung sterben, ich würde keinen weiteren Finger für diese Frau rühren. Schlimm genug, dass ich das Ruinieren meiner Schuhe beinahe mit dem Tod bezahlt hätte.
So drehte ich um. Es war eiskalt, ich war hundemüde und stapfte in einer Art wütendem Schockzustand zurück zu meinem Wagen. Auf der Heimfahrt rief ich Martin an und sagte ihm, er solle gefälligst seine verrückte Frau aus dem Acker holen. Oder sie erfrieren lassen!
Er war außer sich, wollte mir anfangs nicht glauben. Natürlich wollte er, dass ich auf ihn warte. Wahrscheinlich hätte er es sogar noch auf der Motorhaube machen wollen! Oder eine Zigarette rauchen! Oder reden. Martin liebt es, zu reden – über uns, über mich, über die Zukunft und die Prioritäten, die wir uns gemeinsam setzen sollten. Er hatte sich von seiner Frau emotional abgewandt. Seine Priorität galt ganz klar mir, was mich nach den Ereignissen der letzten dreißig Minuten nicht weiter verwunderte. Meine hingegen lag ganz klar auf einem heißen Bad und einer Flasche Cuvée De Merin. Danach kam immer noch mein Mann und ganz am Ende Martin. Er war eine Affäre, wie jede andere davor – nett, zeitlich begrenzt und mit dem heutigen Abend Geschichte.

Wie jeden Sonntag trat Monsignore Rangl vor die Hauptpfarrkirche, richtete sein Haupt empor, um dem Herrn ein flüchtiges Danke entgegenzubringen, und begab sich zum Weltkriegsdenkmal, um der gefallenen Soldaten zu gedenken – zumindest musste es für Außenstehende so wirken. Für ihn galt der Ritus weniger dem Gedenken, denn einem weiteren Akt im ewigen Drama – „Priester gegen Volk".

Wie zum Beweis hatte ihm das Schicksal die kleine Lena vorbeigeschickt, das wahrscheinlich bravste und nervigste Kind Stradens, eine Besserwisserin der Sorte Mutter Teresa, die keinen Moment ungenutzt ließ, um ihn mit Fragen zu quälen, die selbst den Dalai Lama an den Rand des Wahnsinns gebracht hätten. Diesmal hatte sie von ihm wissen wollen, ob Gott Menschen, die regelmäßig in die Kirche gingen, mehr Glück schenken würde als anderen? Er hatte die kleine Göre kurz und verächtlich angesehen und geantwortet: „Ich bin jeden Tag in der Kirche, findest du, dass ich dabei glücklich aussehe?"

Eigentlich eine klare Ansage, bei der jedes andere Kind davongerannt wäre, nicht aber Lena. Die hatte ihn mitleidig angesehen, seine Hand genommen und entgegnet, dass das wohl daran liege, dass er keinen Sex haben dürfe!

Seit wann bitte sagten neunjährige Kinder so etwas? Die Welt war ein riesiges Fäkalienmeer und er war ein Schiffbrüchiger ohne Rettungsring. *Merda!* Genau so fühlte sich der Morgen, nein sein ganzes Leben an.

Durch den Torbogen, der Hauptpfarrkirche und Residenz verband, ging er auf den Pfarrplatz. Es war einer dieser kühlen Novembertage, ein undurchdringbarer Wolkenvorhang hüllte die Region in tristes Grau, Nacht und Tag unterschieden sich nur durch marginale Grauschattierungen, es schien, als wäre die Sonne auf Urlaub. Einzig das Rosenbeet, es war Heimat dreier

Rosenstöcke, vermochte seine Stimmung ein wenig aufzuhellen. Monsignore Rangl liebte Rosen, auch wenn sie gerade nicht in Blüte standen, auch an kühlen Novembertagen und sogar an Sonntagen, an denen er lieber in seinem französischen Doppelbett geblieben wäre, um wie jeder normale Christ seinen Kater auszuschlafen. Wäre es nach ihm gegangen, er hätte Messe und Beichte abgesagt. Und er hätte dem Gärtner aufgetragen, weitere Rosenstöcke zu setzen. Ersteres scheiterte am kanonischen Recht, Zweiteres an der Wirtschaftskrise. Er blickte die zweihundert Jahre alte Atlas-Zeder an und das ungute Gefühl, dass er vielleicht ebenso lange an diesem gottverlassenen Ort bleiben müsste, jagte ihm einen Schauer über den Rücken. Ob Petrus, der kleine Pfortenbote, ihm diese Anspielung wohl durchgehen lassen würde? Was weiß schon ein Priester! Für Petrus, Rom und alles Weitere würde noch genug Zeit bleiben, zuerst musste er einen Teufel namens Kopfweh austreiben. Am besten mit einem Schuss Cognac.

„Eure Exzellenz! Ihr müsst euch beeilen, die Beichtstunde beginnt in dreißig Minuten", die Stimme des Pfarrsekretärs durchbrach die Stille.

„*Merda*", entfuhr es dem Prälaten, „hätte ich fast vergessen! Ist mein Frühstück fertig?"

„Euer Frühstück ist schon angerichtet, Exzellenz."

„Gut so, dann bereite die heilige Messe vor!"

„Jawohl, Exzellenz."

„Und hol etwas Brauchbares aus dem Keller – es ist Sonntag, unter einem Neumeister trink' ich da gar nichts!"

„Jawohl Exzellenz, wird sofort erledigt."

Der Pfarrsekretär, leicht trottelig, aber immerhin bemüht, entfernte sich mit schnellen Schritten und wäre dabei um ein Haar ins Rosenbeet getreten, was wiederum den Priester erzürnen ließ:

„Herrgott nochmal, pass doch auf, wo du hintrittst!"
„Jawohl Exzellenz, tut mir leid Exzellenz!"
„Das muss es nicht, es würde schon genügen, wenn du besser aufpasst. Und das Exzellenz, zum x-ten Mal, ist auch nicht notwendig."
„Jawohl Exzellenz, tut mir leid Exzellenz!"
Monsignore Rangl schüttelte ungläubig den Kopf. War er nicht schon genug bestraft worden? Er blickte fragend nach oben – der einsetzende Migräneschub war entweder Zufall oder wieder eine dieser zynischen Antworten, die der große Macker des Öfteren für ihn parat hatte. Für manch einen sind Gottes Wege vielleicht unergründbar, für Ehrenprälat Rangl waren sie schlicht ein Labyrinth. Im einen Augenblick noch auf Karrierekurs im vatikanischen Ermittlungs- und Aufklärungsdienst „Pro Deo" und im nächsten Moment auf dem Abstellgleis im Nirgendwo – *Merda*, er war zum Dixi-Klo Roms verkommen, ein Fäkalientank auf Abruf. Zugegeben, es gab in Österreich nicht viele Priester, die vier Kirchen für sich hatten, aber zum Teufel noch mal – wieder erreichte ihn ein Migräneschub – Straden war nicht Rom. Die Diözese Graz war nicht der Heilige Stuhl und er hatte sich garantiert nicht durch Wirtschaftsstudium und Priesterseminar gekämpft, um alten Greisen, sie waren so ziemlich die einzigen Kirchengäste, Hostien zwischen die dritten Zähne zu schieben. Zufall oder nicht, gestern erst hatte eines dieser Biester nach seinem Finger geschnappt.
Natürlich wusste er, warum er in dem kleinen, südoststeirischen Nest gelandet war. Seiner Versetzung war eine politische Schlammschlacht vorausgegangen. Am Ende hatte ihn ein intriganter Kardinal ausgespielt. Die Niederlage alleine wäre schon schmerzhaft genug gewesen, doch die Versetzung – nur kurzfristig, wie man ihm versichert hatte – aus seinem

geliebten Rom war der eigentliche Stachel in der Wunde. Was hieß überhaupt kurzfristig? Die Kirche dachte grundsätzlich in Jahrhunderten – kurzfristig konnte gleich mal zwanzig Jahre bedeuten, ohne Chance auf vorzeitige Entlassung. *Merda!* Das Befummeln eines Ministranten hätte ihm maximal ein Jahr Rumänien eingebracht, er aber hatte sich ja unbedingt mit einem Kardinal anlegen müssen. Das hatte er nun davon – Straden.

Hinzu kam, dass sein Vorgänger hier ein überaus beliebter Priester gewesen war und dessen Entschluss, sich in den Laienstand rückversetzen zu lassen, um eine Familie zu gründen, in der Gemeinde zu unzähligen Sympathiebekundungen geführt hatte. Bewundernswert? Nicht für den Pfarrer! *Merda*, Scheiße war so etwas! Nicht nur, dass er keinerlei Lust zur Predigt oder Seelsorge verspürte, nun musste er auch noch große Fußstapfen füllen – eine undankbare Hinterlassenschaft. Ansonsten hatte ihm der gute Mann nur einen Schlüssel zum Archiv, das er in den zwei Monaten seit seiner Ankunft noch nie betreten hatte, überlassen. Warum auch? Um sich eine Staubvergiftung einzufangen, hätte er nicht mal das Schlafzimmer verlassen müssen – zumindest so lange die 70-jährige Edith für die Reinigung zuständig war.

„Monsignore, Ihr Espresso ist fertig“, wenn man vom Teufel spricht, die Stimme der Wirtschafterin durchbrach seine Gedanken.

„Geben Sie keine Versprechen, die Sie nicht halten können Edith! Ist’s diesmal wirklich Espresso oder wieder die dünne Brühe, die sie mir seit zwei Monaten als solchen verkaufen wollen?“

„Nein, Monsignore! Diesmal ist er ganz kurz!“, die Wirtschafterin stellte das Tablett ab und entfernte sich wie üblich mit einem freundlichen Lächeln.

Wie jeden regenfreien Sonntag nahm er seinen Espresso, oder das schwarze Zeug, das man ihm als solchen vorsetzte, im Pfarrgarten ein. Wenigstens hatte sie den Cognac beigestellt – sowohl Kater als auch Kaffee verlangten heftig nach ihm. Während er das schwarze „Cognacwasser“ in kleinen Schlucken zu bewältigen versuchte, rotierten seine Gedanken um die Ereignisse der letzten Nacht. Straden war nicht Vatikanstadt, aber gewisse Gemeinsamkeiten waren nicht zu leugnen – zumindest wenn es darum ging, die Wahrheit hinter einem Nebel aus Fiktion und Schweigen zu verbergen.
Er nahm einen tiefen Zug aus der eben angezündeten Zigarette, ließ den wohltuenden Dunst seine Lungen umspielen. Schnell wurde er ruhiger – das zugefügte Marihuana hatte seine Wirkung nicht verfehlt.

Kapitel II – von beichtenden Eheleuten

„Eine Beichte reinigt Körper und Seele" – sagt man zumindest und ich hatte an jenem Samstag so etwas wie eine Tiefenreinigung notwendig. Xaver, mein Mann, war verheiratet – formal mit mir, real mit seinem Wein. Praktisch lebten wir einen Handel, sein Geld gegen meine Schönheit und gemeinsame Intimität. Das war der Deal, darauf hatte ich mich gerne eingelassen. Als Liebhaberin bin ich gut, kann aus mir herauskommen, genieße die Abwechslung. Verdammt noch mal, ich bin eine Göttin, was normale Männer auch durchaus zu honorieren wussten. Xaver aber hatte beschlossen, seine Zuneigung auf den Wein zu beschränken. Zehn Minuten zu Geburtstag, Weihnachten und wenn Sturm Graz Fußballmeister wurde! Letzteres passiert so ungefähr alle zehn Jahre – er war es, der unseren Deal gebrochen hatte. Ich nahm nur, was mir zustand, und Xaver ahnte entweder nichts oder er wusste und tolerierte es – zumindest hatte er mich nie auf meine Affären angesprochen. Kopfzerbrechen bereitete er mir jedenfalls keines. Für meinen Teil liebte ich ihn und davon abgesehen hätte er sich die Scheidung sowieso nicht leisten können.

Mit Martin aber war das anders. Er hatte eine Mutation durchgemacht – vom leidenschaftlichen Abenteuer zum klammernden Liebhaber. Das letzte Mal war ihm sogar ein „Ich liebe dich" herausgerutscht, während dem Akt! Ein Tabubruch der schlimmsten Sorte. Warum bitte macht Mann so etwas? Warum eine zwanglose Affäre durch eine feste Beziehung zerstören? Klar, ich beneidete ihn nicht um seine Frau, aber sie sorgte wenigstens für ihn. Es ist eine seltsame Welt

geworden. Männer wollen Beziehungen, Frauen Affären und ich hatte vor, das alles mit einem Priester zu besprechen. Der Prälat war aber nicht nur ein Priester, er war mein Freund oder so was Ähnliches. Ich betrat die Hauptpfarrkirche durch den Seiteneingang. Mauritz musste schon im Beichtstuhl sitzen, zumindest sagte mir das der Grasgeruch, der in der Luft lag.
„Nun mein Kind, was liegt dir auf dem Herzen?" Mauritz eröffnete die Beichtstunde.
„Oh mein Gott! Das kann jetzt nicht dein Ernst sein!"
„Was meinst du?"
„Das Kind! Ehrlich jetzt, bei unserer Vergangenheit glaube ich nicht ..."
„Ist gut, wir müssen das nicht hier erläutern", Mauritz, jetzt ganz Priester, fuhr mit beschwichtigender Strenge fort, „wie kann ich dir also helfen?"
„Ich brauche einen Rat, einen Beziehungsrat. Heißt es nicht in der Bibel, dass wir unserem Herzen folgen sollen?"
„Du und Herz? Vielleicht schlägt da was in dir, aber ich bin mir nicht sicher, ob es sonst noch eine Funktion erfüllt!", er sah mich provokant, ja prüfend an, bevor er lustlos fortfuhr, „aber, gut dann tu' ich mal so, als würde ich dein Herz ernst nehmen!"
„Mach das, dann tu ich so, als würde ich dich als Seelsorger ernst nehmen!"
„Touché! Also grundsätzlich steht in der Bibel zu allem etwas geschrieben. Mir fällt dazu nur ein alter Professor aus meinen Tagen am Priesterseminar ein. Der hat immer gesagt, dass unser Herz reinen Gewissens und rein an göttlicher Liebe sein muss. Im Evangelium nach Markus, Kapitel sieben, heißt es dazu: ‚Denn von innen aus dem Herzen des Menschen gehen hervor die schlechten Gedanken, Ehebruch, Hurerei, Mord'. Du siehst also – es kommt ganz auf dein Innerstes an."

„Jetzt lass mal die Kirche im Dorf. In meinem Innersten ist gar nichts Schlechtes. Ist es außerdem nicht auch Ehebruch, wenn Xaver seinen Pflichten nicht mehr nachkommt?! Was ist denn mit seinem Innersten?“
„Es ist nicht meine Aufgabe, über Xaver zu richten! Aber vielleicht kann der heilige Markus helfen – laut ihm ist das lüsterne Ansehen einer anderen Frau alleine schon Ehebruch. Man könnte noch weiter gehen und sagen – wer nicht mehr willens ist zu lieben, denn das ist zuallererst als Herzenspflicht zu begreifen, der begeht Ehebruch. Und übrigens“, er machte eine übertrieben lange Pause, „die Kirche lass' ich immer im Dorf – geht gar nicht anders!“
Schon erstaunlich, dachte ich, wie Menschen, die keinen Sex haben oder nicht haben dürften, einem das Gefühl vermitteln können, es besser zu wissen. Ohne dabei auch nur ein konkretes Wort zu sagen! Wahrscheinlich belächelte er mich in diesem Moment sogar. Zumindest bildete ich mir ein, sein sarkastisches Grinsen hinter der vergitterten Trennwand zu sehen. Jedenfalls hatte mich der Pfaffe gekränkt. Es war so typisch, für Männer allgemein und für den Prälaten im Speziellen – sie konnten einen unglaublich herablassend behandeln.
„Mauritz verdammt!“, fuhr ich ihn an.
„Nicht im Beichtstuhl! Spare dir deine Kraftausdrücke!“
„Verdammt, verdammt, verdammt, verdammt!“, er machte mich langsam wütend. „Das kann ich stundenlang wiederholen! Verdammt! So lange, bis ich eine klare Antwort von dir bekommen habe! Und komm' mir nicht wieder mit dem heiligen Markus. Ich will einen Rat von dir, Mauritz Rangl!“
„Dann wirst du zuerst die Flüche weglassen müssen. Zweitens, und merke dir das fürs Leben, wenn du konkrete Antworten willst, musst du konkrete Fragen stellen!“

Das war doch wieder typisch für ihn. Minutenlang um den heißen Brei herumzueiern, nur um am Ende alles so darzustellen, als ob es mein Fehler wäre. Aber wenn er eine konkrete Frage wollte, würde er sie bekommen. Die Frage würde so konkret sein, dass sie von null auf Platz eins der Hitliste der konkreten Fragen steigen würde:

„Ist eine Affäre gerechtfertigt, wenn mich Xaver verschmäht?"

„Du musst verrückt geworden sein! Das fragst du einen Priester, einen Mann Gottes! Welche Antwort, glaubst du, kann ich dir darauf geben?"

„Ich glaube, du verstehst es nicht. Ich frage nicht den verdammten Priester, nicht den Mann Gottes, der du sowieso nicht bist, sondern meinen Freund – Mauritz! Ist der da? Der Mann dem ich einen ge..."

„*Merda!* Juliana!", er fiel mir ins Wort, „Was verlangst du von mir? Ich bin Priester, kein perfekter, aber hier, in dieser Kirche, vor allem aber in diesem Beichtstuhl, vertrete ich die Lehren Christi. Und weder er, Gott, noch ich können dir für dein Fremdgehen auch nur irgendeine Art der Absolution erteilen. Als dein Freund, der ich nicht sein kann, sage ich dir – lass' dich scheiden oder vergiss' die Martin Recknals oder wie auch immer sie alle heißen. Das ganze Dorf zerreißt sich doch das Maul!"

Das hatte gesessen – weniger die Art und Weise, wie dieser Heuchler mit mir gesprochen hatte, sondern dass er von meiner Affäre wusste. Wenn ich wirklich Dorfgespräch war, dann wussten es wahrscheinlich auch Xaver und Martins Frau, dann hatte ich wirklich ein Problem.

„Und noch ein Rat", Mauritz unterbrach mich in meinen Gedanken, „wenn du das nächste Mal jemanden mitten in der Nacht auf dem Feld findest, rufe lieber einen Rettungswagen, statt wegzugehen. Unterlassene Hilfeleistung unterliegt nämlich nicht der klerikalen Schweigepflicht!"

Ich fragte mich gar nicht mehr, woher er das wusste. Wie hatte er mich beobachten können? Ich war wohl im falschen Film, im falschen Jahrhundert, aber sicherlich am falschen Ort gelandet. Die Enttäuschung war grenzenlos, als ich aufstand, die Tür des Beichtstuhls hinter mir zuschlug und die Kirche verließ. Sollten sie doch alle zur Hölle fahren, mit dem kiffenden Diener Gottes als Gallionsfigur.

„Nicht zurechnungsfähig!? Wer hat denn die Investitionen in die neue Kompostierungsanlage mit seinem Vermögen besichert? Wer hat denn neue Kundschaft wie die Altgsells an Land gezogen, bevor noch ein Kubikmeter ‚Komposthumus' produziert worden ist? Wer – frage ich dich?" Frau Recknal schrie vor Schmerz, vor innerer Wut, als sie ihr Mann mit den Geschehnissen der letzten Nacht konfrontierte.

„Genau das is dein Problem. Das Geschäft! Alles, was zählt, ist das Geschäft. Aber dass du unser Auto zerstörst und dich wie eine Besessene mitten in der Nacht in den nächsten Acker legst, soll für dei Zurechnungsfähigkeit sprechen oder was? Der Priester musste sogar den Mercedes nach Hause fahren – weil sich meine Frau ja dazu entschlossen hat, den Acker umzugraben!"

„Der Priester?" Frau Recknal riss die Augen auf. Ihre Erinnerungen an die gestrige Nacht waren getrübt, einzig ihr Traum, die Vision, war ihr in Erinnerung geblieben. Sie wollte nicht streiten, doch Martin ließ nicht von ihr ab.

„Ja, der Priester! Keine Ahnung, warum sich der Schnüffler da mitten in der Nacht herumgetrieben hat. Vermutlich, weil er wusste, dass eines seiner Schäfchen dringend einen Exorzismus notwendig hätte!", schnauzte er sie an.

„Ach darum geht's. Ich bin also besessen. Das tut mir aber leid – dein Image muss ja total ramponiert sein. Armer Mann wird von Teufelsweib mit Geld und Zuneigung überschüttet – bemitleidenswert!"

„Genau! Aber was die Leute über mich denken, war dir sowieso schon immer egal. Hauptsache du, die fehlerlose Unternehmerin, kannst im Mittelpunkt stehen. Dass die Leute über mich lachen, dass sie mich hinter vorgehaltener Hand als Pantoffelhelden bezeichnen, das kratzt dich nicht mal! Das hat es noch nie!"

„Sag mal, glaubst du, was du da von dir gibst? Wenn die Leute über jemanden lachen – dann bin es ja wohl ich! Die Frau, die ihrem Mann zu Füßen liegt und trotzdem mit dem Weinbauer-Flittchen betrogen wird!"

Eigentlich hatte sie nicht so weit gehen wollen, doch ihr Ehemann ließ ihr keine andere Wahl. Ihm stockte sichtlich der Atem, es schien, als würden ihm hunderte Gedanken gleichzeitig durch den Kopf gehen. Als würde er verzweifelt nach einem Ausweg aus dem Dilemma suchen – aber keinen finden. Je länger er fassungslos vor ihr stand, desto mehr wurde ihr Verdacht zur traurigen Gewissheit. Sie saß, in ihre Decke gehüllt, auf dem Bett und blickte ihn an. Gott sei Dank waren die Kinder bei den Schwiegereltern untergebracht, so blieb wenigstens ihnen der Streit erspart. Ihr nächster Gedanke galt wieder Martin. Würde er die Affäre gestehen? Würde sie das überhaupt wollen? Es war einerlei, sie würde ihre Familie beschützen.

„Was für eine Unterstellung! Ich kenne Juli nur flüchtig!", Herr Recknal hatte seine Worte wiedergefunden.

„Also Juli! Nicht Frau Altgsell oder Juliana. Juli! So weit sind wir also!"

„Was soll das denn beweisen? Wir kennen uns seit dem Kindergarten! Du bist ja paranoid!"

„Sag' Martin – hältst du mich für blöd? Glaubst du wirklich, dass ich nicht dann und wann die Buchhaltungsbelege deiner

Geschäftsreisen kontrolliere? Dass es nicht auffällt, wenn du vor lauter Müdigkeit wieder im „Weitzer" nächtigen musst? Just an jenen Tagen, an denen sie Weinseminare in Graz hält? Und was ist mit der Position „Champagner" auf der Zimmerrechnung – dir schmeckt gar kein Champagner. Außer im Schlafzimmer ... muss ich wirklich weitersprechen?"

„Dann sprech' ich es für dich aus ... Ficken! ... na und! ... ich bin auch nur ein Mann!"

Martin stand mit hochrotem Kopf vor ihr. Er war vielleicht nicht der Klügste, aber er wusste, wann es sinnlos war, weiter zu leugnen. Frau Recknal machte sich Vorwürfe, wahrscheinlich hatte sie ihn in seinem Stolz gekränkt. Martin war ein guter Mann, hatte aber einen schwachen Charakter. Sie musste aufpassen, ihn nicht gänzlich in die Arme des Flittchens zu treiben, bevor sie sich nicht selbst des Problems angenommen hatte. Die Vision der letzten Nacht war dahingehend ganz klar gewesen. Es war ein Weg, ein Ausweg für sie und ihre Familie. Auch Martin würde davon profitieren, er wusste es nur noch nicht. In Bälde würde er ihr dankbar sein, für den Moment aber brüllte er sie an:

„Sie ist anders wie du, sie versteht mich!", er hatte sich über sie gebeugt, sie an den Schultern gepackt und redete auf sie ein, „sie ist fröhlich, lebenslustig – sie gibt mir das Gefühl, ein Mann zu sein. Mit ihr zu schlafen ist sinnlich, ist verdorben. In ihr fühl' ich mich wie ein wildes Tier, wie ein freier Mensch, und nicht wie ein beschissener Hamster ... immer im gleichen Rad, immer im selben beschissenen Käfig!"

Frau Recknal rang nach Luft, kämpfte gegen die Tränen, vor allem aber gegen die aufkommende Ohnmacht. Er war geblendet und wusste nicht, wie gut sie es doch mit ihm meinte.

„Siehst du denn nicht, dass sie dich nur benützt, um unsere Familie zu zerstören? Merkst du nicht, dass du für sie nur ein

Abenteuer bist? Mit dem halben Ort hat das Flittchen schon geschlafen ... Maier, Arfytsch, Huber ... wie sie auch alle heißen, die Frau hat nichts ausgelassen! Und soll ich dem wilden Tier noch etwas sagen – sie hat sie alle wieder fallen lassen."

„Mich nicht! Und so lange Juli lebt, wird weder sie mich noch ich sie fallen lassen. Wir sind Seelenverwandte. Daran wird auch eine verbitterte Ehefrau nichts ändern."

„Verbittert! Ich?"

„Ja, du! In dir brennt kein Feuer, keine Leidenschaft mehr. Du bist innerlich tot, unsere Ehe ist tot!"

„Wie schön, als Tote muss ich wenigstens nicht mit dir in die Kirche gehen!"

„Du brauchst überhaupt nirgends mehr mit mir hinzugehen!", antwortete Martin, bevor er die Schlafzimmertüre hinter sich ins Schloss knallte. Einen Augenblick lang saß sie regungslos im Bett, dann war sie aufgestanden und ihm ins Vorzimmer gefolgt – so wollte sie den Streit nicht beendet wissen.

Doch ihren erneuten Beruhigungsversuch zum Trotz, ließ er sie gar nicht richtig zu Wort kommen, sonder hob nur die rechte Hand zu einem Stoppzeichen und legte gleichzeitig den linken Zeigefinger über die Lippen. Die Symbolik war eindeutig, war vernichtend, er hatte „zugemacht".

So konnte sie ihm nur nachsehen wie er im Vorbeigehen Mantel und Brieftasche schnappte und sich auf den Weg zum Sonntagsgottesdienst machte. Er würde wohl lauthals verkünden, dass sie gesundheitlich angeschlagen sei, um ihre Abwesenheit zu erklären. Gut so, dachte sie sich, der erste Schritt wäre hiermit getan.

Kapitel III – von Kurznachrichten und Feuersirenen

„Innerlich tot", Martins Worte hallten immer noch in ihrem Kopf. Er war so naiv, schon bald würde Martin erleben, wer hier tot und wer lebendig war. Um keine Zeit zu verlieren, hatte sie sich schnell angezogen, war in Jeans und Turnschuhe geschlüpft. Normalerweise ging sie nicht ohne Lidschatten aus dem Haus, in dem Falle aber würde gerade ihr unbehandeltes Erscheinungsbild wichtiger Aspekt des Alibis sein. Im Laufe des Disputs war ihr klar geworden, dass ihre Beziehung nicht an ihrer Liebe oder gegenseitigen Gefühlen zu scheitern drohte. Grund war Martins schwacher Charakter. Er war ein Kind im Körper eines Mannes, das sich nach Aufmerksamkeit, Anerkennung und Orientierung sehnte. Bekam er davon zu wenig, musste er sich anderweitige Orientierungshilfen suchen. Doch das würde sie ändern. Ihre Beziehung würde nicht scheitern, ihr Plan würde aufgehen. Sie erinnerte sich an den Vorabend, den kalten Acker, den Augenblick absoluter Klarheit, der ihr geschenkt worden war. Ob Eingebung oder göttliche Stimme – „Glück kommt denjenigen zu, die Unglück beseitigen" – und sie würde alles Unglück beseitigen, um ihre Ehe zu retten.

Während die Überzeugung in ihr reifte, Martin wieder nach Hause holen zu können, glitt ihr Blick über sein Handy. Sie hatte es während des Streits unbemerkt unter den Stapel seiner alten Unterhosen geschoben, die waschbereit auf dem Ehebett lagen. Normalerweise hasste sie diesen Stapel, konnte und wollte nicht verstehen, warum er seine oft von Gebrauchsspuren übersäten Slipper nicht wenigstens in den Wäschekorb legen konnte. Diesmal aber war der verhasste Stapel ein we-

sentlicher Erfolgsbaustein. Der Plan war perfekt, er erforderte nur etwas Eile, war aber leicht durchführbar.
Die Pistole lag wie immer im unversperrten Waffenschrank, wenigstens in puncto Schlampigkeit war auf Martin Verlass. Sie blickte auf sein Mobiltelefon, es zeigte 07:45 Uhr, der Gottesdienst würde in fünfzehn Minuten beginnen. Während sie den Warmwasserhahn der Badewanne auf minimalste Durchlaufstärke stellte, ging sie ins Nachrichtenmenü und begann zu tippen, die Uhr tickte.

Es war dringend, ich brauchte Nikotin, am besten eine Schachtel davon! Die Worte des Priesters hatten mich schwer getroffen. Dieser Bastard, vor ein paar Monaten noch hätte er mich anders behandelt. Er war eben nur ein Mann, sie alle waren Männer, sie alle waren krank. Während ich zu meinem Wagen zurückeilte, dachte ich über Mauritz' Worte nach. Irgendwie, und das tat am meisten weh, hatte er sogar recht. Die Affäre mit Martin war außer Kontrolle geraten. Martin war außer Kontrolle geraten. Mit ein bisschen Glück aber würde Xaver noch nichts davon mitbekommen haben. Wie sollte er auch? Um diese Jahreszeit verbrachte er zwölf Stunden pro Tag im Weinkeller, oder mehr! Die Chancen waren intakt, dass er nichts von dem Ortstratsch mitbekommen hatte. Solange ich Ruhe bewahren, je schneller ich Martin abservieren würde, desto höher wäre die Wahrscheinlichkeit, ohne Schaden aus der Sache rauszukommen. Langsam beruhigte sich mein Puls, die Zigarette begann zu wirken. Die dringlichste Frage, auf die ich noch keine Antwort wusste, lautete aber: Wo und wann sollte ich mit Martin Schluss machen?
Der Klingelton des Handys riss mich aus meinen Überlegungen. Es war eine SMS. Es war Martin. Er hatte das dringende

Bedürfnis, mich zu treffen, wollte mich sofort sehen. Um keine Aufmerksamkeit zu erregen, sollte ich zum Betriebsgelände von „Recknal's gARTen" vorausfahren. Er würde nach zwanzig Minuten Kirchenbesuch nachkommen. Die Nachricht war mit den Worten „in Liebe dein Martin" beendet. Er sollte nur zu gut wissen, wie sehr ich diese Floskel hasste, schließlich hatte ich ihm das schon hunderte Male erklärt, aber er weigerte sich, mir zuzuhören. An jedem anderen Tag hätte ich dementsprechend nicht mal geantwortet. Sich aus dem Sonntagsgottesdienst zu schleichen, vor der versammelten Gemeinde – ging es noch auffälliger? Auf der anderen Seite lag darin vielleicht die Chance. Wer würde sich für eine Affäre denn aus der Kirche schleichen? So blöd war niemand und davon abgesehen – wie viele Gelegenheiten, diese unglückselige Affäre schnell und schmerzlos aus der Welt zu schaffen, würden heute noch kommen? Und überhaupt, ich wollte sowieso Schluss machen, da konnte mir Martins Kirchenimage doch wirklich egal sein! Jeder ist sich selbst der Nächste. Das gilt für den Krieg und für die Liebe.

Eine Ausrede für Xaver zu finden, war nicht das Problem. Eine Nachricht, dass es meiner Mutter nicht gut gehen würde und ich sie dringendst besuche müsste, um nach dem Rechten zu sehen, würde schon ausreichen. Die Ausrede war wasserdicht. Seit unserer Hochzeit sprachen Xaver und Mutter nur das Notwendigste miteinander und nutzten jede Möglichkeit, um sich aus dem Weg zu gehen. Nicht in hundert Jahren würden er sie anrufen – ich hatte das perfekte Alibi.

Auf dem Weg zur Kompostieranlage überlegte ich mir dann wirklich, meine Mutter zu besuchen. Den Abschuss meines Liebhabers könnte ich gut und gerne mit einem Glas Sekt feiern. Und wenn jemand immer Sekt zu Hause hatte, war es meine Mutter, die verhinderte Queenmum von Gleichenberg.

Wir hatten zwar kein inniges Mutter-Tochter-Verhältnis, aber schätzten uns. Vielleicht erkannten wir uns auch nur gegenseitig im anderen wieder und akzeptierten uns deshalb. Wie auch immer, anstrengender als ein Gottesdienst war sie auch nicht. Was nicht für Martin galt! Bereits jetzt fragte ich mich, ob er meine Absicht erahnte. Er schien mir es jedenfalls möglichst kompliziert machen zu wollen. So fasste ich zumindest seine zweite Nachricht auf. Diesmal sollte ich – der Überraschung wegen – nicht in sein Büro, sondern direkt in die Anlage kommen. Wie er meinte! Ich beschloss, ihm den Spaß zu lassen, auch wenn mich die Anrede „Liebes“ nervte. Das Tor zur Anlage hatte er offen gelassen. Da er mich auf der Fahrt nicht überholt hatte, hatte er wohl den Gottesdienst geschwänzt und war die direkte Route über die Buschenschank Dunst gefahren. Er musste jedenfalls schon vor Ort sein.
Die neue Halle war riesig. Sie umschloss die zwei neuen Kompostiersilos, den Stolz seiner Firma, zur Gänze. Ich stellte den Motor ab. Die Beleuchtung war nicht eingeschaltet, wohl wieder eine der Sparmaßnahmen, die er unbewusst von seiner Frau übernommen hatte. Das Tageslicht erhellte die Halle nur spärlich. In diesem Moment bekam ich die dritte SMS. Was sollte der Mist, dachte ich mir. War ich in der Billigversion eines verdammten James-Bond-Films gelandet? Diesmal sollte ich Handy und Handtasche ins Auto legen und zu „Silo2“ kommen. Obwohl ich das Spielchen eigentlich schon satt hatte, befolgte ich die Anweisung. Irgendwie war der Gedanke, die Beziehung mit einem kleinen, erregenden Spiel zu beenden, plötzlich reizvoll geworden. Warum sollte eine Sache nicht enden, wie sie angefangen hatte — mit einem verbotenen Spiel. Handy und Handtasche nahm ich trotzdem mit. Nachdem ich fünfzig Meter durch die Werkshalle gestapft war, stand ich endlich vor Silo2.

„Schön, dass du so spontan Zeit gefunden hast!", eine bekannte Stimme begrüßte mich aus dem Halbschatten.

Ministranten und Messdiener hatten sich bereits in der Sakristei versammelt, als Prälat Rangl übermüdet und schlecht gelaunt eintraf. Der übereifrige Messdiener und Pfarrsekretär, der Prälat nannte ihn abwechselnd Joe, Josey, Janis oder Ferdl, bombardierte ihn mit Fragen. Eine war unwichtiger als die andere, weswegen er ihn schon mal nicht mit Ferdl, der Name war schließlich von seinem richtigen Vornamen Ferdinand abgeleitet, ansprechen würde. Wie so oft wollte Joe, das war der aktuelle Namensstand, zumindest solange die nächste Frage nicht zu knapp an der Dämlichkeit lag, aus dem 1. Brief des Paulus an die Korinther zitieren.

„Exzellenz, und was würdet Ihr davon halten, wenn ich Kapital 15, Vers 19: ‚Wenn wir unsere Hoffnung nur in diesem Leben auf Christus gesetzt haben, sind wir erbärmlicher dran als alle anderen Menschen' – durch Kapitel 15, Vers 32 ersetzen würde?", fragte der Messdiener in typisch motivierter Weise.

„Hab ich ein fotografisches Gedächtnis oder was? Lies vor, was da drinsteht!"

„Jawohl Exzellenz!", die schnippische Antwort hatte den Messdiener nicht im Geringsten abgeschreckt, „es steht geschrieben: ‚Was habe ich dann davon, dass ich in Ephesus, wie man so sagt, mit wilden Tieren gekämpft habe? Wenn Tote nicht auferweckt werden, dann lasst uns essen und trinken, denn morgen sind wir tot' – klingt das nicht viel dramatischer?"

„Gute Idee, Josey!" Prälat Rangl war genervt und hatte seinem Messdiener einen weiteren „Namensdowngrade" verpasst, ehe er fortfuhr: „Der Vers ist spitze, die Menschen werden unsere

Kirche gar nicht mehr verlassen wollen. Ich sehe Zeltstädte, bis nach Graz reichend, nur damit die Menschen nahe an deinen Versen sind.“ Die Ministranten lachten, doch der Messdiener blieb euphorisiert.

„Ja, meinen Sie?!“

„Nein, meine ich nicht Janis! Ich meine, dass es egal ist. Hauptsache, du liest die Passage halbwegs fehlerfrei. Mehr brauchen“, er deutete in Richtung des Kirchenschiffs, „die da draußen nicht!“

Mit den letzten Worten warf er seine violette Kasel über und deutete den Ministranten, ebenfalls fertig zu werden. Die Orgel hatte angefangen zu spielen, sämtliche Chorstimmen schienen wie Messer gewetzt, um sein Trommelfell zu zerschneiden. Kopfweh und Eucharistie waren auf dem besten Wege, sich zur gemeinsamen Sonntagsfolter zu vereinen, als er, von Ministranten verfolgt, die Sakristei verließ, um den Gottesdienst zu zelebrieren. Auf dem Weg zum Altar blickte er verstohlen, aus dem äußersten Rand der Augenwinkel, auf die wartende Christenmeute. Ihre einfordernden, alle keine Schwächen akzeptierenden Blicke verunsicherten ihn. Er verabscheute sie, sie verabscheuten ihn und trotzdem feierte man gemeinsam. *Merda* – Gottes Prüfungen schienen kein Ende nehmen zu wollen.

„Na! Da ist jemand aber ungewöhnlich still. Wen hast du denn erwartet, Liebes? Oder darf ich Juli sagen? Frau Altgsell finde ich zu förmlich, nachdem wir uns jetzt ja besser kennen!“ Es war nicht das „Was“, sondern das „Wie“, das mir Angst machte. Es war böse, berechnend, triumphierend. Es war nicht gut! Es war die Stimme von Martins Frau, die mich aus der Dunkelheit begrüßte.

„Nenn' mich, wie du willst, Eva. Sag' mir nur, was du dir von diesem Affenzirkus versprichst! Was glaubst du, wird Martin zu deiner Nummer sagen?"

„Der wird von unserem kleinen Treffen nichts erfahren. Wichtig ist nur, dass du da bist! Der Rest ergibt sich schon."

Ich hatte kein gutes Gefühl bei der Sache. Frau Recknals Stimme klang sehr bestimmt, hatte etwas von Irrsinn, etwas, das ich nicht einordnen konnte. Auf der anderen Seite war ich noch nie von einer wütenden Ehefrau gestellt worden, vielleicht war die Situation auch eine ganz normale Extremsituation. Ich beschloss jedenfalls, mich nicht einschüchtern zu lassen, und ging zum Angriff über: „Dann sage ich dir jetzt mal, dass du eine gestörte Frau bist. Und deinen Rest wird es nicht geben. Wir sind hier fertig!", ich drehte mich um und wollte zu meinem Wagen zurück, als sie mich anfauchte.

„Du bleibst da, wo du bist, Flittchen!"

Ich drehte mich nochmal um. Frau Recknal hatte eine Waffe gezogen. Déjà-vu! Ich blickte innerhalb von sechsunddreißig Stunden schon das zweite Mal in die Mündung desselben Revolvers. Diesmal aber schien seine Besitzerin nicht wirr und entkräftet – zumindest nicht entkräftet. Wieder stieg Panik auf, was versprach sich die Frau davon? Glaubte sie, auf diese Weise ihre Beziehung retten zu können? Ich hatte Angst, Angst zu zeigen, musste stark bleiben.

„Und was hast du jetzt vor?", fragte ich. Ich wollte sie provozieren, hoffte sie damit einzuschüchtern.

„Willst du mich erschießen? Dann tu es! Oder tu es nicht, wie im Bett! Da tust du es ja auch nicht oder nur schlecht!"

Frau Recknal antwortet nicht. Sie verzog keine Miene, die Waffe war immer noch auf mich gerichtet. Irgendwie hatte ich wohl gehofft, einen Nervenzusammenbruch bei ihr herbeiführen zu können. Falsch! Nichts dergleichen geschah.

Sie starrte mich nur an.
„Eine Frage hätte ich dann schon“, sie durchbrach ihr Schweigen, „hast du jemals an Martins Familie gedacht oder waren dir die Menschen, die du damit verletzt, egal? Hast du, wenn schon nicht an meine, wenigstens an deine Familie gedacht? Oder ist es Xaver egal, weil er selbst gerade irgendwo auf einem jungen ungarischen Ding ist, das womöglich deinen Platz einnehmen wird?“
„Lass meinen Mann aus dem Spiel! Hier geht es nur um Martin.“ Die Waffe war mir in diesem Augenblick egal. Xaver war ein guter Mann, er würde mich nicht betrügen.
„Eben nicht!“, schrie sie mich an, „du hast meinen Mann, meine Familie, auch nicht aus dem Spiel gelassen! Und jetzt vorwärts. Dort rauf, zur Tür!“
Sie zeigte auf eine schleusenartige Türe, die über eine Stiegenkonstruktion erreichbar war. Es war der Zugang zum Silo. Mit erhobenen Händen ging ich in Richtung der Türe, Frau Recknal folgte mir mit zwei Meter Abstand.
„Los! Rein da!“, sie deutet mir, in den Silo zu steigen.
Das Schott war bereits geöffnet. Offensichtlich hatte sie vor, mich einzusperren. Was versprach sich die Frau davon? Dass ich mich nach ein paar Stunden Arrest entschuldigen und die Affäre mit Martin beenden würde? Ich war stehen geblieben, um etwas Zeit zu gewinnen, als ich hörte, wie sie die Waffe hinter mir entsicherte. Ein Geräusch, das die meisten Österreicher nur aus dem Fernsehen kennen und beinahe mein Herz stehen bleiben ließ. Mit aller Kraft versuchte ich, die Ruhe zu bewahren. Ich wusste nicht, wie oder ob ich sie überwältigen könnte, ohne dabei erschossen zu werden. Die Entschlossenheit in ihrer Stimme machte mich sicher – jetzt Widerstand zu leisten, würde den sicheren Tod bedeutet. So betrat ich den Silo.

„Du wirst hier für deine Sünden büßen. Gott weiß das am besten!", waren ihre letzten Worte, die ich hörte, bevor sie die schwere Türe verriegelte und mich der Dunkelheit überließ.

Das Luftgemisch, das Sauerstoff, Stickstoff, Kohlendioxid und Wasserstoffanteil der Kompostierungsanlage regelte, konnte dank modernster Technik bequem von ihrem Büro aus gesteuert werden. Genauso wie die Stiegenkonstruktion für den Einstieg in die Wartungsschleuse, die via Schienensystem und Fernsteuerung ebenfalls ein flexibles System darstellte. Auch wenn das Flittchen stundenlang am Sichtfenster des Silos stehen würde, niemand würde sie sehen oder vor Montagmorgen zu ihr gelangen können. Das Luftgemisch war laut elektronischer Anzeige mit 21 Prozent Sauerstoff angereichert, eine Vierteldrehung am Regler genügte, um den Anteil auf 13 Prozent zu reduzieren. Das dumpfe Pochen, Symphonie von Faustschlägen, die voll süßer Verzweiflung gegen die Innenwand der Holz-Verbund-Konstruktion hämmerten, würde bald der Vergangenheit angehören – da war sich Frau Recknal sicher. Zufrieden lauschte sie den Klängen, ein wohlig warmes Glücksgefühl überkam sie. Doch die Zeit drängte. Der Job war noch nicht erledigt.

Aus dem betriebseigenen Treibstofflager entnahm sie drei Benzinkanister, sie würden als Brandbeschleuniger gute Dienste leisten und ihre DNA-Spuren zerstören. Danach setzte sie sich die schwarze Langhaarperücke auf. Aus der Distanz betrachtet würde ihr Profil dem Julianas gleichen. Anfangs wollte sie den Fahrersitz entsprechend ihren Maßen einrichten, doch verwarf sie den Gedanken schnell wieder. Welcher „Nicht-Kriminologe" konnte schon vorhersagen, ob, Fahrzeugbrand hin oder her, nicht irgendwelche, sie belastenden Schlüsse aus der Sitzposition gezogen werden konnten. Vor dem unbesetzten Einfahrtshäuschen, auch eine der kostspieligen und für gewöhnlich unrentablen Statusideen ihres Mannes, hielt sie an, um ihr Fahrrad, sie hatte es dort versteckt gehalten, einzuladen. Durch das Passieren der Lichtschranke öffnete der Balken automatisch. Es war 08:25 Uhr und wie erhofft kam ihr kein Fahrzeug auf der fünf Kilometer langen Strecke über Karbach, vorbei am Autohaus Moik, zum Rosenberg entgegen. Sogar wenn, sie fuhr mit annähernd hundert Stundenkilometern, jeder würde nur eine schwarzhaarige Frau in einem BMW X5, der dank protzigem Werbeschriftzug sofort dem Weingut Altgsell zugeordnet werden würde, sehen. Niemand könnte sie aufhalten, höchstens eine Polizeistreife auf Geschwindigkeitsmessung, aber auf die hauptberuflichen Alkoholiker mit Exekutivbefugnis war Verlass. Dienstlich konnte man sie nur montags und freitags, zwischen 14:30 und 17:00 Uhr, versteckt hinter der letzten Heckenreihe des Gasthauses Scheer, antreffen. Ansonsten musste man schon das zwölf Kilometer entfernte Gleichenberg ansteuern, um einen nicht kartenspielenden Polizisten in Lebensgröße zu sehen. Der Gedanke, dass die Beamten, die ja von ihren Steuergeldern lebten, am Wochenende auch mal arbeiten müssten, entlockte ihr ein Lächeln. Die Ereignisse, die in den nächsten zwanzig Minuten vonstattengehen würden, würden die armen Jungs mit an Sicherheit grenzender Wahrscheinlichkeit überfordern.

Die Straße, die den Rosenberg hinaufführte, war von Spurrinnen überzogen, doch der BMW meldete die Unebenheiten in keinster Weise an ihren Rücken weiter. Fast schade, dass sie ihn nun abbrennen musste. Sie war an der ersten Wegkreuzung in Richtung des Waldstückes abgebogen und hatte das Ziel erreicht – eine Ausweichstelle, die von Jägern mitunter als Parkplatz benutzt wurde. Mit dem Benzin des ersten Kanisters bekam das Interieur rund um Fahrer und Beifahrer einen neuen Anstrich, bevor Kanister Nummer zwei der Neuauskleidung von Rücksitzen und Kofferraum diente. Beide Behältnisse enthielten jeweils noch knapp einen Liter an „unverbrauchtem" Benzin, worauf sie je einen unter Lenkrad und Mittelarmlehne der Rückbank platzierte. Den dritten Kanister entleerte sie zu einem Drittel über dem Motorraum, legte eine fünfzehn Meter lange Lunte und platzierte ihn mitsamt dem Restinhalt von drei Litern Benzin direkt neben dem Tank. Danach nahm sie ihr Halstuch und stopfte es in Kanister und Tankstutzen – die Zündbrücke war fertig, die Bombe platziert.

Mit einem Streichholz entzündete sie die Lunte und blickte dem Feuerwurm nach, als sich dieser in Windeseile über Benzinkanister und Schal schließlich in den Tank fraß. Die Explosion, die nun folgte, war keine große, doch löste sie ihre größten Probleme, als das Fahrzeug in einem hohen Feuerball ausbrannte.

Sie schwang sich auf das Mountainbike und trat mit voller Kraft in die Pedale. Es war 08:45 Uhr, sie hatte gute zwanzig Minuten, bevor der Gottesdienst beendet sein würde und hunderte Menschen gleichzeitig aus der Kirche in die Autos und in ihre Richtung strömen würden. Die Feuerwehr würde wahrscheinlich schon in fünfzehn Minuten vor Ort sein, das Zeitfenster, in dem sie unerkannt nach Hause kommen konnte, begann sich zu schließen. Während sie auf der abschüssigen Straße zusätzlich in die Pedale trat, um Zeit zu gewinnen, kreisten ihre Gedanken unaufhörlich um ihr Alibi. Hatte sie alles bedacht? Waren ihr Fehler unterlaufen? Wenn ja, welche? Das Auto würde in Kürze völlig ausgebrannt sein, zumindest würden keine Beweise auffindbar sein, die belegen könnten, dass sie den BMW gefahren hatte. Es würde keine Leiche geben. Man könnte demnach nur spekulieren. War Frau Altgsell entführt worden? Hatte sie ihren Tod vortäuschen wollen? Wer hatte sie zuletzt gesehen? Nichts jedenfalls würde auf sie hindeuten, da sie ja zu Hause im Bett geblieben war. Beim Verlassen des Hauses hatte sie niemand gesehen, zumindest hatte sie niemanden bemerkt. Während der Radfahrt zur Kompostieranlage hatte sie eine lange Regenjacke samt Kapuze getragen, sogar wenn sie jemand zufällig beobachtet hätte, es hätte ebenso Herr oder Frau Maier sein können. Und trotzdem, irgendwie hatte sie ein schlechtes Gefühl bei der Sache! Als wäre es nur eine Frage der Zeit, bis ein Mann hinter der nächsten Baumreihe hervortrat, um zu sagen: ‚Ich weiß, was du getan hast'. Sie versuchte derartige Gedanken schnell wieder zu verdrängen. Warum sollte auch etwas passieren? Keine Menschenseele war unterwegs – Gott wusste das am besten! Er war es schließlich, der ihr die Wichtigkeit der Familieneinigkeit vor Augen geführt hatte. Er würde sie auch diesmal beschützen. Als sie das Rad in der Garage verstaute, blickte sie gebannt auf die Rauchschwaden, die den brennenden BMW am anderen Ende des Tals markierten. Die Brandsirenen waren nun überall zu hören. Es war 08:57 Uhr und Zeit, ein entspannendes Bad zu nehmen.

Es war die pure Folter. Als die Kirchenorgel zum wiederholten Male einsetzte, glich es einem Wunder, dass sein Gehirn nicht die Schädeldecke sprengte. Zumindest fühlte es sich so an. Sonntagsgottesdienste waren wirklich das Allerletzte, wonach ihm der Sinn stand. Schon im Priesterseminar hatte er das Predigen vor hunderten Menschen als Last empfunden. Sie alle erwarteten Antworten von ihm. Als ob Gott durch

ihn sprechen würde! War er der verdammte Papst oder was? *Merda!*
Überhaupt hatte der Tag schon mit einer schlechten Nacht begonnen. Zuerst war er in seiner Tierbeobachtung gestört worden und hatte in einem Akt der Nächstenliebe die offensichtlich durchgeknallte Frau Recknal aus dem Acker tragen müssen. In seiner Residenz angekommen hatte er wohl etwas zu viel Wein und Dope zu sich genommen, was direkt zum furchtbaren Kater geführt hatte, mit dem er morgens aufgewacht war. Der Espresso, den ihm seine Wirtschafterin vorgesetzt hatte, war natürlich wieder einmal keiner – was alles erträglich gewesen wäre, solange er sich nur in Ruhe in den Beichtstuhl hätte setzen können, um einen beruhigenden Dübel zu rauchen. Selbst das war ihm heute allerdings nicht vergönnt gewesen und so kam es, dass doch tatsächlich jemand beichten wollte. Und nicht irgendwer! Sondern ausgerechnet sein erster, kleiner Fehltritt in der Gemeinde, was sie ihm prompt unter die Nase reiben musste, um im Gegenzug Absolution für ihre Affäre zu bekommen. Möglicherweise hatte er sie zu hart kritisiert, aber Seelsorge war eben grundsätzlich nicht sein Ding – schon gar nicht an Sonntagen wie diesem.
Während er den Taufscheinchristen die Oblaten aushändigte – der Reiz der Übung bestand darin, den Wichtigtuern der Gemeinde das Ding so überraschend tief in den Mund zu bugsieren, dass sie sich räuspern mussten – fiel ihm auf, dass sowohl bei Recknals als auch Altgsells jeweils nur die Männer am Gottesdienst teilnahmen. Am liebsten hätte er dem hochnäsigen Weinbauern Altgesell unter die Nase gerieben, dass seine Frau das größte Dorffahrrad war und aktuell der Sonnyboy Recknal darauf herumstrampelte, aber den Gedanken hatte er schnell verworfen. Je weniger er sich ins Leben

seiner Gemeinde einmischte, desto eher würden ihn die Leute in Ruhe lassen – zumindest hoffte er das.
Gerade als er die Ankündigungen für die kommende Woche verlesen wollte, meldete sich Gottes Gnade in Form der Feuersirenen. Mit einem schnellen „Gehet hin in Frieden" entließ er die Christenmeute aus der Eucharistiefeier und beschloss, den restlichen Tag blauzumachen. Solange die Kirche nicht brannte, würden ihn heute keine zehn Pferde mehr aus dem Bett bringen. Und sogar wenn eine der vier Kirchen Feuer fangen sollte – es blieben ihm ja noch drei weitere! *Merda*, um die Last der Gottesdienste loszuwerden, bedurfte es schon eines größeren Feuers als das kleine Flackern, das aus der Entfernung am Rosenberg zu erkennen war. Ohne die staunende Menge weiter zu beachten, ging er in seine Residenz. Er würde sich hinlegen, einen Tee mit Rum zubereiten lassen, kurz Hand anlegen und den restlichen Tag den Golf-Kanal verfolgen. Wenigstens dafür hatte das Kirchenbudget gereicht.

Kapitel IV – vom Atmen in Bank und Trafik

Ein Albtraum! Ich war gefallen, eine gefühlte Ewigkeit, und lag auf dem Boden. Alles tat weh. Die Luft war immer stickiger geworden, das Atmen immer schwerer. Irgendwann hatte mich wohl die Kraft verlassen, zumindest hatte ich aufgehört, an die Wände des Silos zu trommeln. Kam ja doch keiner. „Der letzte Hilfeschrei markiert das Ende der Verzweiflung" – hatte ich mal gelesen. Mag sein. Trifft aber wohl eher auf Personen zu, die nicht gerade in einem riesigen Kompostiertank gefangen sind. Ich für meinen Teil war nur müde geworden, die Verzweiflung war nicht gewichen, sie war Mitgefangene.
Es lag an der Luft, so sehr ich sie auch versuchte einzusaugen, meine Lungen bekamen zu wenig Sauerstoff. Alles wurde schwer, ich konnte mich nicht mehr auf den Beinen halten, musste mich hinlegen, wie bei einer verdammten Narkose, nur dass am Ende niemand zu einem sagt: Alles ist gut. Danach war ich eingeschlafen und erst vor wenigen Minuten wieder aufgewacht.
Öffne endlich deine Augen, sagte ich mir. Sie waren längst offen. Es war nur kein Licht vorhanden, es war dunkel, alles schwarz. Aus der Ferne hörte ich etwas Mechanisches, ein Surren, das lauter wurde. Immer noch hatte ich dieses Schwindelgefühl, wie Schlaftrunkenheit mit einem Promille Restalkohol. Gebannt starrte ich in Richtung des Geräusches, sogar wer nur hört, will das Unsichtbare sehen. Irgendetwas passierte an der Silodecke. In diesem Augenblick begann sich das Dach, es bestand wohl aus zwei separat steuerbaren Abdeckklappen, von denen eine geschlossen blieb, zu öffnen. Es gab den Blick auf den Himmel frei. Auch wenn es in Strömen

geregnet hätte, es wäre trotzdem der schönste Morgenhimmel meines Lebens gewesen. Die Luft wurde innerhalb weniger Minuten besser, mit jedem Atemzug kam etwas von der verlorenen Kraft zurück – etwas Hoffnung.
Nun konnte ich das erste Mal mein Gefängnis sehen. Der Tank war in mehrere Ebenen gegliedert, jede einzelne war durch einen feinmaschigen Gitterboden von der nachfolgenden getrennt. Unter mir befanden sich mindestens zwei weitere Kammern, die, soweit ersichtlich, mit diversem Kompostmüll befüllt waren. Geschlafen hatte ich offensichtlich auf einem Stein-Erde-Sand-Gemisch, mit dem der Boden meines Levels aufgefüllt war. Die Sonne ging langsam auf und eröffnete weitere Details meiner Zelle. Zirka zwei Meter ober mir befand sich die Schleusentür, über die ich mein Verlies betreten hatte. Ich war also wirklich gestürzt – ein Wunder, dass ich mir nichts gebrochen hatte. Und noch ein Wunder! An einer der zu Wartungszwecken in der Wand verankerten Sprossen baumelte meine Handtasche. Verdammte Scheiße, ich ließ einen Freudenschrei los, mein Handy war nur zwei Meter von mir entfernt. Meine Kräfte waren zurückgekehrt, Hunger und Durst wie weggeblasen. Hastig begann ich zu klettern, als das Surren wieder einsetzte. Das Dach begann sich zu schließen, die Dunkelheit kehrte zurück.

„Wir brauchen noch zwei Monate!“, mit festen Blicken fixierte Frau Recknal den Banker, sie durfte keine Schwäche zeigen, nicht den Eindruck existenzieller Notwendigkeit vermitteln. Es war ein Schachspiel, in dem das Schicksal der Dame mit dem Halten des Turms stehen oder fallen würde.
„Ich darf dich an den Vertrag erinnern. ‚Drei Monate für den Bau und weitere vier bis zur ersten Auslieferung‘ – macht sie-

ben tilgungsfreie Monate. Sieben Monate, die du gefordert hast, und die wir akzeptiert haben. Wir sprechen von Konditionen, die weder Sparkasse noch BAWAG noch irgendwer bereit war zu bieten!"

Der Banker übte weiter Druck auf Frau Recknal aus. Sie nippte am Wasserglas, das er für sie bereitgestellt hatte. Wahrscheinlich würde er es ihr mit der nächsten Quartalsbelastung in Rechnung stellen. So sehr sie auch den Umstand hasste, sich anbiedern zu müssen, die Liquiditätssituation ihrer Firma ließ ihr keine Wahl. Sie musste nach seinen Regeln spielen, würde sich aber so teuer wie nur irgendmöglich verkaufen.

„Und dafür bin ich dir auch sehr denkbar", entgegnete sie, „trotzdem hat sich der Produktionsprozess um zwei Monate verzögert!"

„Wie konnte es dazu kommen? Wozu der ganze Forschungsaufwand, wenn am Ende doch alles für die Katz ist? Dein Kredit gehört zu den größten in der Region, wenn da nicht bald etwas zurückfließt, haben wir beide Probleme."

„Es wird zurückfließen, Alexander!", versuchte sie zu beschwichtigen, „aber zwischen den Ergebnissen eines kleindimensionierten Versuchsmodells und einem 50-Tonnen-Getreidesilo samt hochkomplexer Luft-Gas-Steuerung können schon mal zwei Monate liegen."

„Und wenn's in zwei Monaten wieder zwei Monate sind? Und dann vielleicht nochmals zwei und nochmals? Welche Sicherheiten habe ich? Ich riskiere meinen Job für dich, falls dir das noch nicht klar ist!"

Frau Recknal ahnte bereits, worauf der Bankleiter hinauswollte. Natürlich war Bestechung schon lange aus dem offiziellen Wortschatz der österreichischen Bankenlandschaft gestrichen worden – theoretisch. Praktisch ging es weiterhin um Gesten der Anerkennung, die jeder Bankangestellte, so-

bald er mal Filialleiter war, für sich in Anspruch nahm. Wichtig war also nur, Überraschung und Empörung nach außen hin hochzuhalten, um den unabdingbaren Preis zu drücken.
„Komm schon, Alex! Es muss doch irgendetwas geben, das diese Sache aus der Welt schafft. Es werden bestimmt nur zwei Monate sein – dann rollt der Rubel!"
„Dann möchte ich davon etwas abhaben!"
„Wie bitte?", entgegnete Frau Recknal möglichst widerwillig.
„Du hast schon richtig gehört. Ich riskiere Kopf und Kragen für dich, wenn dein Komposthumus kein Renner wird. Es ist nur recht und billig, wenn ich eine Risikoprämie dafür bekomme!"
„Wie ich dich kenne, ist es weder das eine noch das andere! Aber gut, sagen wir mal, ich würde eine freiwillige Prämie in Erwägung ziehen. Wären vierzigtausend ‚recht und billig' genug?"
Natürlich würde ihm das erste Angebot nie genügen, doch sie hatte ihm eine Verhandlungsbasis diktiert, die am unteren Ende ihrer Möglichkeiten lag. Das würde ihr die Gelegenheit geben, sie nochmals dreißig bis vierzig Prozent nach oben handeln zu lassen und dem Banker somit das Gefühl zu geben, das Maximum für sich herausgeholt zu haben. Denn darum ging es. Die Berufsgattung war wie keine zweite erst zufrieden, wenn sie das Gefühl hatte, alles aus dem jeweiligen Gegenüber herausgepresst zu haben. Vielleicht gab es auch Ausnahmen, nur hatte sie noch keine davon kennengelernt.
„Ich denke", fuhr der Banker fort, „dass du eine großzügige Frau bist und es nur rechtens ist, meine Stiftung mit fünfzigtausend zu unterstützen!"
„Du bist ein geldgieriger Drecksack, Alex! Und wenn du noch zehn karitative Stiftungen aus dem Boden stampfst, bleibst du immer noch ein Drecksack!"

„Also einverstanden?", der Banker blieb stoisch und lächelte zufrieden. Er war sich sicher, gewonnen und das Maximum herausgeholt zu haben. Frau Recknal holte noch zu einem Spontanmonolog über die Loslösung der Finanz- von der Realwirtschaft aus und gab sich empört über die Gier der Aktienmärkte. Danach hielt sie kurz inne, erzählte, dass sie vor lauter Sparmaßnahmen sogar ihren Kindern die Segelwoche streichen müsse, nur um kurz darauf möglichst zerknittert zuzustimmen:
„Einverstanden! Du bringst die Papiere zur Einweihungsfeier mit und ich werde die Spende im Gegenzug öffentlich verkünden!"
„Ich wusste, dass wir uns verstehen würden, Eva." Der Filialleiter war aufgestanden und begleitete Fr. Recknal zufrieden zum Parkplatz. Er hielt ihr die Türe auf und begutachtete den Mercedes der M-Klasse.
„Schönes Auto hast du da, wenn du in zwei Monaten nicht zahlen kannst, ist's meiner! Denk dran!"
Sie hatte die letzten Worte des Mannes schon nicht mehr gehört. Wichtig war nur, dass der Menschenfeind überzeugt davon war, alles aus ihr rausgeholt zu haben. Er gehörte zur Gattung der Egomanen, deren Schwäche im konsequenten Überschätzen der eigenen Fähigkeiten lag. Die Aussicht, ihr mit fünfzigtausend richtig weh getan zu haben, ließ ihn den Umstand vergessen, dass er locker achtzigtausend aus ihr herauspressen hätte können – schließlich war sie von der Gewährung der Kreditlinie abhängig. So aber hatte sie ihn, indem sie ihn im Lichte seiner eingebildeten Überlegenheit hatte scheinen lassen, ausmanövriert. Arroganz ist die Achillesferse des kleingeistigen Mannes – Gott wusste das am besten.

Noch drei, maximal fünf Sprossen! Ich versuchte, mir Mut zu machen. Es war stockfinster, man konnte die eigene Hand vor Augen nicht sehen. Endloses Schwarz mit einem Lichtblick – der Handtasche. Während meines Sturzes hatte sie sich wohl gelöst und war an den Wartungssprossen hängen geblieben. Nun hielt ich sie wieder in Händen – das beste Gefühl, sogar besser als der Kauf selbst. Die „Hermès“ war mein absolutes Lieblingsstück, schlichte Eleganz, zeitlos schön. Neben ihr war jede Louis Vuitton ordinäre Protzerei, ein aggressiver Akt gegen Stil und Ästhetik. Betrunken, im Halbschlaf oder total erblindet, sie war wohl auch der einzige Gegenstand, den ich immer, überall und unter allen Bedingungen hätte öffnen können. Meine Handtasche versprach Hoffnung, sie versprach ein Handy.
Während ich mit schnellen Griffen die Hermès öffnete, betete ich, dass der Akku noch nicht aufgegeben hatte. Meine Finger zitterten vor Aufregung, als ich sie behelfsmäßig an meiner Hose abstreifte und nach dem Handy griff. Ich wischte über den Bildschirm, weg mit Bildschirmschoner, Standby oder weiß der Teufel was. Hauptsache, der Akku hätte noch ein bisschen Restenergie, mehr würde ich für ein Telefonat nicht brauchen. Endlose Sekunden, wahrscheinlich nur Bruchteile davon und trotzdem verging eine gefühlte Ewigkeit, bis das Display Farbe aufzog. Zwei Striche! Zwei von fünf! Zwei Fahrkarten in die Freiheit – noch niemals hatte ein Akkustand derartige Glücksgefühle in mir geweckt.
Mein Puls fing an zu rasen, als ich auf Xavers Kontakteintrag tippte und der Gesprächsaufbau startete. Er würde dieser Irren ein Ende bereiten, würde mit Polizei, Kobra und notfalls dem Heer anrücken. Ich betete, schwor vor Gott, dass ich ihn nie wieder betrügen würde, wenn er denn jetzt nur an das Telefon ginge. Das erste Freizeichen erklang, danach ein zwei-

tes, ein drittes – doch nichts passierte. Was war mit ihm los? „Heb' ab! Bitte!", ich schrie meine Verzweiflung in die Weiten des verdammten Silos.
Die Verbindung brach zusammen. Scheiß Tank! Nur eine Chance! Mehr wollte ich ja gar nicht. Noch ein Versuch, so schnell würde ich nicht aufgeben. Wieder wählte ich, diesmal gleich die Polizei. Vielleicht waren diese Verbindungen stärker, für Notfälle, für Menschen, die lebendig begraben werden sollten oder so. Ich wartete, wieder nichts, nicht mal ein Freizeichen. Enttäuschung, Angst! Neben einer kleinen Panikattacke stellte sich nur die aufkommende Müdigkeit ein. Wieder lag dieses Geräusch, dieses Saugen in der Luft, das Atmen wurde schwieriger.
Beruhige dich, denk nach, lass sie nicht gewinnen – ich versuchte, einen Ausweg zu finden. Die Zeit lief ab. Wenn das Saugen aufhörte, würde ich eingeschlafen sein. Vielleicht nicht mehr aufwachen und sogar wenn, bis dahin hätte der Akku sicherlich den Geist aufgegeben. Das war nicht akzeptabel, ich würde kämpfen, würde das Tageslicht wieder sehen. Dann fiel es mir wie Schuppen von den Augen. Tageslicht – das war die Lösung! Sobald sich das Dach, und sei es nur für einen Augenblick, öffnen würde, hätte ich möglicherweise ausreichend Empfang. Auch wenn Konzentration und Fingerfertigkeit nachließen, eine kurze SMS würde vielleicht schon genügen. So lange das Handy Strom hatte, würde es immer wieder versuchen, die Nachricht abzuschicken. Es war den Versuch, ein letztes Aufbäumen gegen die Müdigkeit wert. Die Nachricht musste nicht lange, nicht komplex sein. Aufenthaltsort und Hilferuf, zwei Empfänger – Xaver und Mauritz. Während ich tippte, wunderte ich mich noch, dass mir neben meinem Mann gerade der Priester zuerst als Empfänger, als potenzieller Retter eingefallen war. Warum, weiß ich nicht, vielleicht

weil ein Priester so eine Art Gelübde abgelegt haben müsste, menschliches Leben zu erhalten. Vielleicht auch, weil wir uns nahegekommen waren. Egal, ich war schwach, hatte keine Ahnung, ob es für mich reichen würde, aber wie sagt man so schön – die Hoffnung stirbt zuletzt. „Senden"!

Ganz Straden liebte seine legendäre Trafik, ob jung, ob alt, ob Raucher oder Nichtraucher, alle hatten Flor's Nikotingreißlerei, wie sie im Volksmund oft genannt wurde, ins Herz geschlossen – sie bildete da keine Ausnahme. Um zum Eingang der zierlichen Tabakstation zu gelangen, er lag nur knappe zwei Meter rechts vom Privateingang, musste zuerst der Vorgarten durchquert werden. Westseitig war der örtliche Nikotinversorgungsposten durch den stark abfallenden Hügel, straßenseitig – zumindest formell – durch Daisy beschützt. Stets ohne Leine im fünfzig Quadratmeter großen Vorgarten liegend, war die Mischlingshündin effektiver als jeder Gartenzaun, wenigsten solange Einbrecher nicht mit Extrawurst bewaffnet waren. Hatte dieser Hund jemals das Grundstück verlassen? Frau Recknal war sich nicht sicher, ob die Hündin überhaupt schon einmal die Position gewechselt hatte, wenigstens nicht in ihrer Gegenwart.

Für gewöhnlich besuchte sie einmal unter und einmal zum Ende der Woche die Trafik, ging schnellen Schrittes und in sicherer Entfernung an Daisy vorbei, Vorsicht ist bekannterweise die Mutter der Porzellankiste, und begab sich zum Trafikanten. Oder zu dessen Gemahlin – Maria.

„Mahlzeit, Frau Diplomingenieur! Wie geht's, was gibt's Neues, was kann ich für Sie tun? Ein Packerl Memphis, ein GEO-Magazin vielleicht? Da geht's diesmal um das Paarungsverhalten der Königspinguine. Obwohl das nicht ganz stimmt.

Hauptsächlich geht es um die Partnerwahl der Pinguine und dass sie ein Leben lang zusammenbleiben. Arg oder? Aber ich möchte Ihnen nicht gleich alles erzählen. Könnte ich ja gar nicht, hab nicht alles gelesen. Wie sollte das auch funktionieren? Wir führen dreihundert Zeitschriften und Magazine, da würde ich aus dem Lesen gar nicht mehr rauskommen. Nicht wahr?! Wir Frauen müssen ja auch noch kochen, waschen, bügeln – wie soll sich das nur alles ausgehen? Aber genug über mich, was darf ich Ihnen geben?"
Frau Recknal, noch aufgewühlt vom Banktermin, orderte das obligate Päckchen Memphis. Eigentlich hatte sie schon vor Monaten ihrem Nikotinkonsum ein Ende bereiten wollen, doch mit den Problemen von Kompostieranlage und Ehe im Rücken war dieses Projekt auf unbestimmte Zeit verschoben. Insgeheim fragte sie sich, wie sie überhaupt auf die Idee gekommen war, mit dem Rauchen aufzuhören – total unrealistisch! Wenn der neue Komposthumus kein Renner werden würde, müsste sie „Recknal's gARTen" sowieso zusperren oder unter Wert verkaufen, beides würde sie umbringen, daran würde der Verzicht auf Zigaretten auch nichts ändern.
„Also kein GEO ...", Maria, das Stradener Original, nutzte die Zeit, um das Kundengespräch weiterzuverführen, „... verständlich! Über Pinguine wird schon genug geschrieben. Da gibt's spannendere Themen, Mode zum Beispiel! Die neue Vogue hätte ich auch da. Persönlich gefällt mir Blumenprint auf Margenta-Blusen ja sehr gut, aber wer bitte kann sich das denn leisten? Unsereins sieht darin doch aus wie ein Marshmallow in Bonbon-Papier! Wenn überhaupt kann's vielleicht Frau Altgsell tragen. Wenn man sie findet. Angeblich will man es jetzt mit einer Handyortung versuchen! So etwas, was heutzutage alles möglich ist! Faszinierend oder? Sie kennen mich ja, ich halt mich da raus, bin neutral, weiß von nichts.

Tratschn solln die anderen, sag' ich immer! Aber dass die Altgsell ihren Mann verlassen und dabei auch noch das Auto abgebrannt hat, glaube ich wirklich nicht! Warum sollte sie das tun? Nein, auch wenn alle sagen, dass sie ein neues Leben anfangen wollte, bleibe ich dabei – die ist garantiert entführt worden!"

Frau Recknal stockte der Atem. Handyortung? Hatte sie eben richtig gehört oder war es das Unterbewusstsein, das ihr einen Streich gespielt hatte? Sie musste für den Fall der Fälle mit Vorsicht agieren. Tonfall, vorgegebenes Interesse, beiläufiges Atmen – nichts an ihrer Reaktion durfte künstlich ruhig oder übertrieben aufmerksam wirken.

„Entschuldigung, ich stehe nach dem Termin von vorhin immer noch etwas neben mir. Ich nehme die Vogue. Und was haben Sie nochmal danach gesagt?"

„Dass Frauen wie uns die Margentatöne einfach nicht passen und wir wie Marshmallows aussehen!"

„Nein, das meinte ich nicht. Es war irgendetwas wegen der Polizei und Frau Altgsell!"

„Ja, wissen Sie das denn nicht?", die Trafikantin war geradezu empört. „Man hat das Auto der Winzersfrau ausgebrannt bei Stainz gefunden, aber ohne eine Spur von ihr. Per Telefon ist sie auch nicht erreichbar und jetzt soll die Polizei angeblich eine Handyortung versuchen! Schon toll, was man heutzutage so alles machen kann, oder?"

Frau Recknal nickte zustimmend, mehr hätte sie bei dem Hitzeschub, der in diesem Moment ihren Körper erfasste, auch nicht tun können. Die Handtasche! Das Handy! Beides hatte sie zu vernichten vergessen! Sie stellte noch ein paar Fragen, wie es sich für jemanden, der ein wichtiges Ortsereignis verpasst hatte, gehörte und heuchelte dabei demonstrative Betroffenheit. Nichts fiel ihr schwerer, als über das Flittchen, das ihre

Familie beinahe zerstört hatte, auch noch ein gutes Wort zu verlieren. Die Handyortung konnte rasch zum Problem werden. Dennoch musste sie Ruhe bewahren. Frau Flor war eine Seele von Mensch mit gutem Gespür für ihr Gegenüber, jede Form von Ungeduld oder Stress würde ihr sofort auffallen. Möglicherweise würde sie ihre Sorgen dann mit ihrem Mann oder Sohn teilen, einer von beiden würde es anderen Kunden oder Freunden erzählen und schon würde sich der Verdacht, dass sie seltsam nervös sei, im Ort herumgesprochen haben. Nein! Ruhe und Gelassenheit waren die Gebote der Stunde.

„So, jetzt werden wir den Laden mal zumachen ...", die Worte von Herrn Flor, der über das Hinterzimmer die Trafik betreten hatte, ebneten ihren schnellen Abgang.

„Oh, ich bitte um Entschuldigung ...", Frau Recknal griff sich scheinbar beschämt auf den Mund, „... ich habe Sie schon viel zu lange aufgehalten! Bitte behalten Sie das Wechselgeld. Ich werde gleich gehen, sonst heißt's noch, die Recknal bringt uns um die Mittagspause!"

Lächelnd, ohne weitere Höflichkeitsbekundungen abzuwarten, machte sie kehrt, verließ die Trafik und ließ Herrn Flor, der sich wohl in Kürze eine Standpauke seiner Frau anhören würde müssen, zurück. Daisy hatte ihre Position immer noch nicht geändert, als sie den Mercedes anließ. Langsam fuhr sie an, erst als Trafik, Daisy und die zwei Passanten im Rückspiegel verschwunden waren, stieg sie aufs Gas. Schnellstens musste sie zum Kompostiersilo zurück, es blieb keine Zeit für weitere Verzögerungen – für weitere Fehler.

Anfangs war nur ein leises Surren hörbar, begleitet von dumpfen Abrollgeräuschen, wie man es von Zügen, die über Schweißnähte von Gleisen rollen, kennt. Es wurde lauter, noch war ich nicht da, war irgendwo, kam aber zurück, kam mit dem Licht, reiste mit ihm. Wahrscheinlich lag es am Sauerstoffmangel, ein unterbeatmetes Gehirn erweist einem keinen großen Gefallen, überhaupt in Verbindung mit geschlossenen Augen. Das Licht war für einen kurzen Moment so grell gewesen, dass ich nicht wagte, sie zu öffnen. Nur langsam gewöhnten sie sich an das Tageslicht, ließen mir einen winzigen Sehschlitz zur Orientierung. Interessant, wie wenig man über seine Sinne weiß, solange man keine Grenzerfahrung gemacht hat. Während Netzhaut, Iris und Co. nämlich noch mit dem Licht kämpften, funktionierte mein Gehör samt Informationsverarbeitung schon wieder einigermaßen.

Und ich hörte Schritte, besser gesagt das Auftreten von Fußballen. Treten Menschen zuerst mit der Ferse auf, entsteht ein harter Laut, rollen sie aber über die Fußballen ab, ist der Klang viel weicher. Xaver, wie die meisten Männer, tendierte dazu, zuerst mit der Ferse den Boden zu berühren. Frauen aber, wahrscheinlich durch das regelmäßige Tragen von Absätzen, berührten in der Regel mit Zehen und Fußballen zuerst den Boden. Die Schritte kamen näher, sie waren kurz, waren weiblich! Vielleicht eine Polizistin?

Ich rief um Hilfe, doch über meine Lippen kam nur ein unverständliches Brabbeln. Egal, die Person kam näher, sie musste mich finden. Langsam hatten sich meine Augen an das Tageslicht gewöhnt, zwei Etagen über mir stieg tatsächlich eine Frau zu mir hinab. Geblendet durch das Sonnenlicht erkannte ich ihre Beine, ihre Schuhe. Sie trug keine Polizeiuniform, es war eine Art Arbeitskleidung. Verdammt! Vielleicht war sie gar nicht auf der Suche nach mir! Vielleicht war niemand auf der Suche nach mir und sie gehörte nur zu einem Reinigungstrupp, ähnlich den Arbeitern auf unserem Weingut. Denen musste schon ein Wildschwein auf die Füße treten, damit sie

Notiz von ihm nahmen. Ich musste mich zusammenreißen, musste mich auf meine Stimme konzentrieren. Viele Chancen würde ich nicht mehr bekommen.

„Hiiiillllfeeee!“, ich schrie, so laut ich konnte. Seit einer Ewigkeit hatte ich nichts mehr getrunken, der Durst klemmte meine Stimmbänder ab. Mehr als ein Hüsteln kam nicht über die Lippen. Auch Versuch Nummer zwei und drei schienen im Nichts zu verpuffen. Ich bekam keine Antwort, die Schritte aber kamen näher!

„Na, noch Lust auf eine SMS?“

Ich erschauderte, erkannte Stimme und Person.

„Da ist jemand aber sehr ruhig geworden! Was? Wer hast du geglaubt, würde zu dir runtersteigen? Ein strahlender Held in weißer Rüstung?“

Ich konnte nicht antworten, war zu verstört. Jedwede Hoffnung hatte sich auf einen Schlag in Luft aufgelöst. Natürlich war sie es! Wer sonst würde so zielgerichtet auf mich zugehen – nur jemand, der genau wusste, wo ich zu finden war. Sie würde mich hier einfach sterben lassen, da war ich mir sicher. Aber nicht, ohne dass ich Widerstand leisten würde. Ich würde nicht betteln, nicht flehen, ich würde für meine Freiheit kämpfen. Mit der rechten Hand umklammerte ich mein Handy, drückte unentwegt auf die Funktionstaste „Senden“, als ein ungeheurer Schmerz durch meinen Körper fuhr. Frau Recknal hatte mit voller Wucht gegen mein Handgelenk getreten, ich hörte die Verknorpelungen splittern, als das Handy aus meiner Hand fiel.

„Das war dein letzter Schachzug auf Erden!“, mit diesen Worten nahm sie Mobiltelefon wie Handtasche auf und stieg die Sprossen zum nächsten Gitterlevel empor. Mit einem Sicherheitsschlüssel verriegelte sie das Schwenkgitter, das zur nächsthöheren Ebene führte. Bald waren die Schritte wieder in weiter Ferne, das Dach begann sich zu schließen. Das Saugen des Luftabzugs setzte wieder ein, die Dunkelheit war zurück.

Es gab nicht vieles, das Monsignore Rangl seit seiner Versetzung noch Freude bereitete, eine duftende Calzone aus dem Steinofen gehörte definitiv dazu. Wahrscheinlich spielten romantisierte Erinnerungen aus der Vergangenheit eine wesentliche Rolle, vor der surrealen Strahlkraft der christlichen „Mutter-Vater-Kind-beim-Abendmahl-Nummer“ war auch ein hartgesottener Glaubensprofi nicht gefeit, überhaupt, wenn es nicht viele davon gegeben hatte. Möglicherweise steckte doch ein kleines verletztes Mädchen in ihm und er wollte sich die eigene Zerbrechlichkeit nicht eingestehen. *Merda!* Was für ein blödsinniger Gedanke, aber womöglich als Thema der nächsten Sonntagspredigt zu gebrauchen.
„Bring mir doch eine Flasche Merlot, Mineralwasser alleine könnte vielleicht geschmackszerstörend wirken!“
„Geht leider nicht, hab' nur einen Zweigelt hier!“, tönte es von der Theke zurück.
Der Wirt schien sich fast zu entschuldigen, was der Priester in dem Moment aber nicht gelten lassen wollte, dafür war er zu sehr Italiener und, was vielleicht noch wichtiger war, einfach zu schlecht drauf.
„Fathi, sei incredibile – du machst mich fertig. Wie oft habe ich dir schon gesagt, dass der blaue Zweigelt einfach nicht zur Pizza passt. Weder zu ihr noch zu ihrem zusammengerollten Bruder. Dein blauer Zweigelt passt vielleicht zu Salaten, Fisch, Geflügel oder leichter Pasta, aber doch nicht zu Pizza.“
Er war erstaunt, wie uneinsichtig der türkischstämmige Gastwirt in diesem Bereich doch war, noch erstaunlicher aber fand er die Tatsache, dass sich außer ihm wohl niemand an der

unkorrekten Weinbegleitung störte. Natürlich, man konnte auch ein simples Bier zur Pizza trinken, aber wenn schon Wein, dann bitte auch den richtigen. Es war einer dieser Augenblicke, in dem ihm wieder schmerzlich bewusst wurde, wie weit Rom doch entfernt war. Geografisch lagen nur neunhundert Kilometer zwischen der italienischen Zivilisationsmetropole und der Südoststeiermark – kulinarisch waren es Lichtjahre. Auch wenn sich die Region gerne als „Steirische Toskana" titulierte, wäre „Käferbohnen Toskana" doch weitaus treffender gewesen. Der Wirt brachte die Calzone. Der Duft von Champignons und über Schinken zerlaufenem Käse stieg ihm in die Nase.

„Mahlzeit! Und ihren Wein habe ich auch dabei! Den Merlot habe ich extra aus den Castelli Romani bestellt ... wollte Sie nur auf die Probe stellen", der Wirt grinste spitzbübisch.

„Fathi, *merda*, du bist ein Schlitzohr vor dem Herrn und ich danke dir!", das Glück war zu Monsignore Rangl zurückgekehrt, zumindest schien es ihm in diesem Augenblick so.

Gierig schenkte sich der Priester ein erstes Glas ein, versenkte seine Nase tief im Glas, um ja keine Aroma-Nuance zu verpassen. Er selbst war früher, auf dem Weg zum Castel Gandolfo, oft in der Region Latium gewesen und hatte nicht nur einmal den Freuden des vergorenen Traubensafts gefrönt. *Merda*, was war das im Nachhinein gesehen für eine kostbare Zeit gewesen. Die Calzone schmeckte wie immer ausgezeichnet. Ein kleines Wunder, wenn man bedachte, dass der Koch ein Kurde, also nicht Italiener, war, aber Teufel noch mal, diese Calzone hätte sogar der alte Ratzinger angebetet.

In diesem Augenblick ertönte sein Handy, dem Signalton nach musste es wohl eine SMS oder E-Mail sein. Das Vibrieren in der Hosentasche, beim Essen trug er grundsätzlich zivile Kleidung, wurde intensiver. Es würde so lange nicht aufhören, bis er die Nachricht gelesen hatte – ein Relikt aus Zeiten, in denen römische Studenten noch um einen Assistenzposten bei ihm gerungen hatten. Es musste Marco, mehr Technikgenie als angehender Priester, gewesen sein, der ihm diesen ansteigenden Vibrationsalarm eingebrockt hatte. Widerwillig öffnete er die Nachricht.

„Bin bei RG, HILFE, Juli" – fünf Buchstabengruppen, die ihm den Appetit verdarben. *Merda!* Was hatte das zu bedeuten? Natürlich hatte er mitbekommen, dass es Julianas Wagen gewesen war, der während seines Gottesdienstes ausgebrannt war. Auch die Verschwörungstheorie, wonach sie entführt worden sei, war ihm nicht fremd – dafür hatte schon Hausdame Edith gesorgt. Espresso war für sie zwar weiterhin ein Mysterium, aber den aktuellsten Klatsch und Tratsch konnte das alte Weibchen zu jeder Tages- und Nachtstunde abrufen. Offenbar war Juliana doch nicht in ein neues Leben getürmt, sondern wurde wo festgehalten. Was sollte er tun? Und warum sollte er etwas tun? Warum hatte sie gerade ihm den Hilferuf gesendet? Ihr Mann, die Polizei, der Bundeskanzler – allesamt bessere Adressen für einen Notruf! *Merda* – er warf den Kopf in den Nacken und blickte, den aufkommenden Ärger unterdrückend, an die Decke.

„Fathi – die Rechnung! Schnell, ich hab's eilig!", rief er in Richtung Theke.

„Aber Monsignore, hat was nicht gepasst? Sie haben weder ausgetrunken noch fertig gegessen!"

Der Ehrenprälat antwortete nicht, sondern hinterließ stattdessen ein dickes Trinkgeld, zehn Cent. Für die meisten Gäste wäre das wohl keine besonders großzügige Geste gewesen, doch für Priester Rangl, der mit seinem eigenen Geld knausriger umging als so mancher Finne oder Niki Lauda, war

es ein Vermögen, das er auf dem Tresen zurückließ. Er ließ den Motor seines alten Alfas aufheulen und verließ Straden in südöstlicher Richtung. Die nächstgelegene Polizeistation war in Gleichenberg, gute zehn Kilometer entfernt. Auf Frau Altgsells Aufenthaltsort konnte er sich keinen Reim machen, doch dass sie in Schwierigkeiten steckte, stand für ihn außer Frage. „Frau Altgsell" – er musste über sich selbst lachen, als er sich dabei ertappte, wie er sie in Gedanken siezte. Dafür standen sie sich eigentlich zu nahe, überhaupt war der Begriff „zu nahe" wohl das Hauptproblem an der ganzen Sache. Während er beim zweiten Kreisverkehr die Ausfahrt Richtung Kurpark nahm, fragte er sich, ob Herr Altgsell wohl auch eine SMS bekommen hatte.
Als er auf dem Parkplatz stehen geblieben und aus dem Wagen gesprungen war, kam schon der erste Uniformierte auf ihn zu: „Sind S' blöd? Sie können hier nicht parken! Fahren S' die Kiste weg, sonst hagelt's Anzeigen!"
Monsignore Rangl ließ sich von dem Möchtegern-General nicht aus der Fassung bringen. Er kannte diesen Menschenschlag noch aus seiner Zeit im Vatikan. Da wollte auch jeder Carabinieri ein Mitglied der Schweizer Garde sein und verhielt sich dementsprechend präpotent. Doch die Fassade war mit ein wenig überzogenem Auftreten leicht zu brechen. Er ging auf den Polizisten bis auf zehn Zentimeter, die Intimzone bewusst ignorierend, zu und schaute ihm mit starrem Blick in die Augen.
„Mein Name ist Monsignore Rangl. Ich bin nicht nur Ihr Priester, sondern in diesem Fall auch Sprecher Roms! Bringen Sie mich sofort zu Ihrem Vorgesetzten und wagen Sie es nicht, meinen Alfa anzurühren! Anderenfalls verspreche ich Ihnen, dass Sie ab morgen wieder Schülerlotse sind!"
Der Einschüchterungsversuch war ein voller Erfolg gewesen. Sogleich entschuldigte sich der Staatsdiener und führte ihn

direkt zum Leiter der Polizeiinspektion. Der Leutnant musste ungefähr in seinem Alter sein und war nicht gerade mit Gardemaßen gesegnet, er war fett, kein Schweizer – ein Steirer im Speckmantel, wenn man so wollte.

„Wie kann ich Ihnen helfen, Herr Prälat?"

Der Ton gefiel dem Priester zumindest und er begann zu erzählen. Davon, dass die vermisste Frau Altgsell nicht beim Gottesdienst erschienen war. Davon, dass er sich zuerst um die vielleicht zu harsch aufgefasste Beichte gesorgt hatte, und von der Nachricht, die seines Dafürhaltens unmissverständliches Zeichen einer Entführung oder dergleichen war.

„Darf ich die Nachricht mal sehen?", fragte der Revierinspektor höflich.

„Natürlich, ich hätte doch nicht ohne Beweis Calzone und Merlot stehen lassen und wäre hierher geeilt!"

Der Priester übergab dem Revierinspektor das Handy und blickte gespannt in dessen Gesicht.

„Entschuldigung, aber ich glaube, das ist die falsche SMS! Hier steht nur, dass eine Weinlieferung versandt wurde."

„Ach, geben Sie schon her und schnüffeln Sie nicht in fremden Nachrichten herum", fuhr ihn der Prälat an.

Demonstrativ verärgert nahm Ehrenprälat Rangl sein Smartphone entgegen. Er scrollte durch die Nachrichten, verließ das Menü und ging wieder in selbiges zurück, schaltete das Mobiltelefon ein und aus – die Nachricht aber war verschwunden.

„Sie haben sie gelöscht, Sie Idiot!", entsetzt fuhr er den Leutnat an, „das kommt von den Speckfingern. Damit kann man vielleicht einen Gulli zustöpseln, aber bestimmt keine Nachrichten abrufen! Wie wollen wir jetzt aufklären, wo sie ist?"

„Ich mache Ihnen jetzt, und zwar nur, weil mein Sohn bei Ihnen den Firmunterricht besucht, das einmalige Angebot, dass Sie diesen Raum verlassen können, ohne eine Anzeige wegen

Beleidigung einer Amtsperson oder Vorspiegelung falscher Tatsachen zu bekommen. Verlassen Sie mein Büro, fahren Sie Ihre Kiste von meinem Parkplatz und wenn Sie das nächste Mal eine SMS von einer vermissten Person bekommen, dann löschen Sie sie besser nicht!“

Der Polizist schnaubte vor Wut und Prälat Rangl erkannte, dass er den Bogen wohl überspannt hatte. Er nickte nur, sah ihm abschließend scharf in die Augen und verließ die Polizeiinspektion. Hatte er die Nachricht wirklich selbst gelöscht? Womöglich ein blöder Zufall? Daran wollte und konnte er nicht glauben. Es hätte vier bis fünf Fingerklicks benötigt, um eine Nachricht zu löschen, und Gelegenheit dazu hatte nur der Leutnant gehabt. Als er losfuhr, beobachtete er im Rückspiegel, wie der Exekutivbeamte aus der Polizeiinspektion gekommen war und seine Abfahrt mit stoischem Blick verfolgte. Der Beweis war unwiederbringlich verloren, Juli aber lebte. Wenn schon nicht die Polizei, dann würde er etwas unternehmen.

Kapitel V – von Gülle und Fürbitten

Grabsegnungen waren im Normalfall nur im klassischen Sterbeprogramm oder zu Allerheiligen inkludiert, wer außertourlich eine Segnung wollte, musste schon eine Spende oder – wie es Prälat Rangl nannte – eine Geste des guten Willens beisteuern. Mit der Versetzung hatte auch sein persönliches Einkommen gelitten und wenn der Fall „Rionale" eines bewiesen hatte, dann das, dass in der Kirche die Gier immer auf dem längeren Ast saß. Sohin war das „40-60-System", welches er bei der Einnahmenverteilung zwischen ihm als Privatperson und der Kirche als Institution heranzog, sogar christlich – schließlich hätte er sich ohne Aufsehen zu erregen auch sechzig Prozent der Einnahmen einverleiben können! Denn grundsätzlich galt: Wer war schon päpstlicher als der Papst?
Als er die Stiegen neben dem Kulturhauskeller emporging, fragte er sich, warum Menschen überhaupt eine Gedenkstätte segnen ließen. Die katholische Lehre sagte doch ganz klar, dass die Seele den Körper verließ und in den Himmel oder eben in die Hölle fuhr. Warum also einen Ort, der ausschließlich der Verwesung und Erinnerung diente, segnen lassen? War es der Wunsch, die eigenen Erinnerungen an den Verstorbenen zu heiligen, eine Arte Seligsprechung des gemeinen Volkes? Auf die Verwesung hatte das bisschen Weihwasser keinen Einfluss, nicht mal auf die Blumenbewässerung, das wusste er von seinen Rosen. Die hatte er schon unzählige Male mit dem „Hokuspokus-Wasser" beträufelt – ohne nennenswerten Erfolg. Ein Blick auf seine Omega, ein Relikt aus finanziell besseren Tagen, sagte ihm, dass es kurz vor elf Uhr war. Und das wiederum bedeutete, dass es Zeit für seinen Vormittags-Dübel

wurde. Natürlich achtete er stets darauf, seinen Graskonsum unter Kontrolle zu halten. Alleine für den Fall einer unwahrscheinlichen aber zumindest möglichen Rückversetzung in den Vatikan durfte er nicht sämtliche Gehirnzellen räuchern. Als er in Gedanken versunken an der Steinwand unter dem örtlichen Feinkostladen stand, fiel ihm auf, dass sich über ihm zwei Stimmen angeregt und immer lauter werdend unterhielten. Er tötete den Joint aus, tat zwei leise Schritte zurück und erkannte die Herren Altgsell und Recknal.

„Du warst es, oder? Du hast sie entführt!“ Herr Altgsell herrschte Herrn Recknal an.

„Drehst jetzt vollkommen durch? Warum sollte ich das tun, ich kannte sie kaum!“

„Sie kaum kennen, dass ich nicht lache! Schläfst du denn mit allen Frauen, die du kaum kennst?“

„Glaube doch nicht jeden Dreck, der im Dorf erzählt wird! Wenn es nach dem gehen würde, hätte deine Frau sogar mit dem Pfaffen eine Affäre gehabt“, wehrte sich Herr Recknal.

Kurzfristig zuckte Prälat Rangl zusammen. *Merda!* Wie in Teufels Namen kam der Stradner-Playboy auf diese Idee? Wollte er nur den eigenen Kopf aus der Schlinge ziehen oder war es etwas Persönliches? Dieser Sack, selber mehr Dreck am Stecken als Haare auf dem Kopf und über ihn, den höchsten päpstlichen Würdenträger, herziehen! Am liebsten hätte er die falsche Natter lauthals zurechtgewiesen, aber die Situation bliebe wohl besser genutzt, wenn er sich weiterhin im Verborgenen hielte. Das Dorfgeschwätz konnte einem schließlich die Reputation kosten, somit das Rückgrat brechen. Obwohl das in seinem Fall wahrscheinlich nicht so schlimm gewesen wäre, sein Ruf war schon ruiniert.

„Lenk nicht mit dem Nichtsnutz von Priester ab“, fuhr der Winzer fort, „du hast Juli ständig angestarrt, hast ihre Nähe

gesucht. Sogar während der Gottesdienste hast du dich, ganz gleich, ob deine Frau mit war oder nicht, möglichst knapp neben sie gestellt, du Schwein!"
„Ach ja! Wenn ich sie so geliebt habe – warum hätt' ich sie dann verschleppen oder umbringen sollen?", entgegnete der Großgärtner aggressiv.
„Weil sie dich verlassen wollte. Weil sie keinen Liebhaber länger als sechs Monate hatte!"
„Woher willst du das wissen? Du weißt ja nicht mal, ob sie lebt!"
„Ich weiß es", zischte der Winzer Herrn Recknal an und deutete gleichzeitig auf sein Handy, „hier steht es! Ich habe diese Nachricht von ihr bekommen! Die Polizei versucht gerade herauszufinden, wofür die Ortsbezeichnung steht!"
„‚RG', das kann vieles bedeuten. Und wann hätte ich den Mord oder die Entführung oder was auch immer du mir vorwirfst denn tun sollen? Während wir uns in der Kirche nebeneinander den Arsch abgefroren haben oder was?"
„Aber deine Frau war nicht in da!", der Winzer ließ nicht locker.
„Weil sie krank war! Aber wozu rechtfertige ich mich überhaupt! Schick' die Kibara doch gleich vorbei! Ist halt vergebene Mühe – da wird man nichts finden!"
„Das wird sich noch zeigen!"
Das Streitgespräch war immer lauter geworden und hatte die Aufmerksamkeit zweier älterer Frauen auf sich gezogen, was sowohl Herrn Recknal als auch Xaver Altgsell unangenehm war und den Großgärtner dazu veranlasste, das Gespräch abrupt zu beenden. Er ließ den Winzer samt dessen letztem Statement unkommentiert stehen und kam direkt auf Priester Rangl zu, der seinerseits so tat, als sei er gerade vom Friedhof gekommen. Ein kurzes „Guten Tag", ein flüchtiges Kopfni-

cken und Martin Recknal war am Prälaten vorbei. Der Priester blickte ihm nach, wie er fast im Laufschritt den Mercedes bestieg. Beim Wegbeschleunigen touchierte er mit dem Heck die Friedhofsmauer, worauf wohl ein Stück der Verkleidung, man mochte es aus der Entfernung schwer erkennen, herunterbrach. Der Fahrer merkte nichts davon, fuhr unbeirrt in Richtung Karbach davon. Pfarrer Rangl aber ging noch einmal die Stiegen hinunter, um sich den abgebrochenen Teil genauer anzusehen. Er hatte wieder dieses bestimmte Gefühl, eine Art Vorsehung, die ihm auch schon im Fall „Rionale" geholfen hatte. Die Mittagssonne stand hoch am Himmel, als er den Teil aufhob – es war die Nummerntafel des Großgärtners.

Gefangenschaft ist so eine Sache. Sie lässt Realität zu Fiktion werden. In dem Augenblick, in dem man sich aber daran gewöhnt, dreht sich alles, verkehrt sich das Große ins Kleine, wird wieder zum Gegenteil der eigenen Erwartungshaltung, sodass man nie genau weiß, was gerade echt ist. Praktisch ist das auch egal, aber faktisch macht es einen großen Unterschied, ob der Himmel blau oder schwarz ist. Blau oder schwarz – die einzig reale Frage, die ich mir stellte, als sich das Dach erneut zu heben begann. Es dauerte ein paar Minuten, bis ich wieder zu mir gekommen war.

Scheiße verdammte! Immer noch befand ich mich im Inneren des Silos. Mein Handgelenk schmerzte höllisch, es musste geprellt sein, vielleicht schlimmer! Mit der noch intakten Hand tastete ich um mich. Wo war die Tasche, wo mein Handy? Die Augen zu öffnen, war eine Qual für sich. Jeder Versuch verbrannte einen Teil der Netzhaut, wenigstens fühlte es sich so an. Langsam, viel zu langsam gewöhnte ich mich wieder an das Licht, wurden aus chinesischen Sehschlitzen wieder richtige

Augen. Der erste Rundumblick fiel ernüchternd aus, Handy, Tasche, alles weg und ich erinnerte mich auch wieder an das Warum. Diese Psychopathin!

Über mir sah ich den Himmel, er war nicht blau, es war bewölkt, typisch für diesen Landstrich und dennoch, selten war Hochnebel schöner gewesen. Obwohl jede Bewegung schmerzte, zwang ich mich aufzustehen. Sprosse für Sprosse, bei jeder hakte ich mich mit dem rechten, lädierten Arm ein, um mit der linken Hand nach der nächsten zu greifen. So kam ich mühsam bis zur Versorgungstür. Minutenlang hämmerte ich gegen sie, irgendjemand musste mich ja hören. Nach Hilfe zu schreien, wurde mit jeder Silbe anstrengender, mein Hals brannte, die Rufe wurden leiser. Verdammt! Wie lange war ich schon hier? Mein Zeitgefühl hatte mich im Stich gelassen. Fest stand nur, dass ich schon viel zu lange nichts getrunken hatte. Wasser, wo bitte sollte ich in einem Dreckssilo Wasser finden? Während Aussichtlosigkeit und Überlebensinstinkt abwechselnd mein Gefühlsleben dominierten, traf mich plötzlich ein Klumpen von, ja wovon eigentlich?, an der Schulter! Woher kam das Mistding? Wieder wurde ich getroffen, diesmal genau am lädierten Handgelenk. Ich fiel zu Boden, blickte nach oben. Aus einem riesigen Rohr wurde braun-schwarze Masse in den Silo gelassen. Die Gitter der oberen Etagen waren eingefahren worden und eine Mixtur aus Gülle und Abfall füllte meine Etage. Nur kurze Zeit später, nach nur wenigen Minuten, war meine Ebene bis auf Höhe der Wartungsschleuse gefüllt.

Mit dem Fuß prüfte ich die Konsistenz der Masse, er sank zumindest nicht ein, sie musste relativ komprimiert sein. Möglicherweise könnte ich mich flach hinlegen, um mit der Masse mit aufzusteigen, wie eine Biene im Wasserglas. Ich wartete, bis die eklig riechende Gülle auf Oberschenkelhöhe geklettert war und schloss die Augen, ließ mich auf den Teppich fallen, sank ein.

Der Wertschutztresor nach VdS V-Norm war durch eine dreiwandige Tür mit Bohr- und Schneidbrennschutz versehen. Um ihn zu öffnen, musste eine sechsstellige Zahlenkombination eingegeben werden, zusätzlich war er mit einer Sprengstoff- und Schweißsicherung im Verschlussbereich ausgestattet. Der Clou aber bestand darin, dass er als Bodentresor konzipiert und als solcher in das Fundament des Zubaus eingelassen worden war. Niemand, nicht mal Martin, wusste über ihn Bescheid und das würde auch so bleiben. Ihre Ehe hatte zweifellos schon bessere Tage erlebt, wenn alles hart auf hart kommen und „Recknal's gARTen" Konkurs anmelden müsste, wären die achthunderttausend Euro Schwarzgeld die einzige Existenzsicherung, die ihnen noch bleiben würde. Martin hätte das Geld ja doch nur mit schnellen Autos, Casinoabenden oder Luxusreisen verpulvert, sie aber hatte den kleinen Notgroschen mühevoll über zwanzig Jahre zusammengespart. Ein kleiner Auftrag unter der Hand hier, ein kleiner da, jeweils nur mit den vertrauenswürdigsten Arbeitern ohne nachvollziehbaren Geldfluss durchgeführt. Sie brauchte kein Bankkonto in Luxemburg, kein Depot in der Schweiz, der Bodentresor war günstiger und genügte ihren Bedürfnissen vollkommen.
Sie öffnete den Overall ihrer Arbeitskleidung, alles musste den Anschein haben, als wäre sie nur zu Inspektionszwecken in den Silo gestiegen, und stopfte das Handy, bei dem sie den Akku entfernt hatte, in ein freies Fach unterhalb der Banknoten. Die Hure Altgsell, die beinahe ihre Ehe zerstört hätte, sollte mittlerweile so geschwächt sein, dass es bis zu ihrem Verenden wohl nur eine Frage der Zeit sein würde. Die Handtasche, die

sie ihr ebenfalls abgenommen hatte, deponierte sie gleich neben ihrem luftdicht verschweißten Zweitpass. Geziert von den Schlüsseln Petri und der Tiara, dem Staatswappen des Vatikans, würde er ihr als Blankoscheck in Krisenzeiten dienen. Sie nahm einen, von einer Banderole zusammengehaltenen, Stapel Hunderter aus dem Fach, schloss die Tresortür und setzte die Laminatstücke wieder in den Boden ein. Sie waren eigens gefertigt worden und enthielten eine Schicht aus Kaffeeelementen, um Such- oder Drogenhunde zu irritieren. Man konnte ja nie vorsichtig genug sein! Angenehmer Nebeneffekt war die Kaffeehaus-Duftnote, die sich positiv auf das Raumklima auswirkte. Schließlich rollte sie den Teppich wieder aus und legte das Geld in den gut sichtbaren Wandtresor – als das Telefon klingelte.

Die Sekretärin war in der Leitung und informierte sie, dass Ehrenprälat Rangl sie zu sprechen wünsche. Rangl! Was will der von mir? Sie hatte den Priester bislang nicht gerade als Segen für die Gemeinschaft begriffen, ganz im Gegenteil. In den Monaten seit seiner Ankunft war er ihr hauptsächlich durch schlechte Laune, übermäßigen Alkoholgenuss und eine gehörige Portion Alltagszynismus aufgefallen. Man wusste nicht viel über ihn und er tat nicht viel, um das zu ändern. Außerhalb der Messen hatte er ihres Wissens noch kein Wort mit ihr gesprochen, was also wollte er?

„Guten Tag, hier spricht Ehrenprälat Dr. Rangl! Wie geht es Ihnen?"

Sie hatte bis zu diesem Zeitpunkt gar nicht gewusst, dass der Pfarrer auch Träger von Doktorwürden war. Wahrscheinlich so ein Theologiequatsch, keine Wissenschaft, keine Ingenieurskunst jedenfalls. Dennoch musste sie sich eingestehen, nun etwas mehr Respekt für ihn zu empfinden. Ein Doktor war eben ein Doktor und kein Straßenarbeiter.

„Mir geht's gut, danke der Nachfrage!"
„Wirklich? Seit Ihrem Zusammenbruch habe ich Sie jedenfalls nicht mehr in der Kirche gesehen!"
Daher wehte also der Wind, das hatte sie fast schon vergessen und wenn nicht vergessen, zumindest erfolgreich verdrängt. Martin hatte ihr noch berichtet, dass ihm der Priester damals geholfen hatte, sie nach Hause zu bringen. Noch heute empfand sie es als ärgerlich, dass er so einen Wind um die Sache gemacht hatte. Seit wann war es ein Verbrechen, sich nachts, zum Nachdenken sozusagen, in ein Feld zu legen? Er tat ja gerade so, als sei sie nicht zurechnungsfähig gewesen, und jetzt meldete sich noch dieser Taugenichts von Priester. Ärgerlich – sie hatte Angriffsfläche geliefert und musste jetzt dafür zahlen. Ein Fehler, der ihr nicht mehr so schnell unterlaufen würde. Trotzdem – der Pfarrer sollte sich mal lieber um die Älteren der Gemeinde kümmern, sich der Seelsorge widmen und nicht pseudomitfühlend nach ihrem Wohl fragen.
„Es geht mir wirklich gut, wenn man vom beruflichen Stress mal absieht. Machen Sie sich bitte keine Sorgen!"
„Wenn Sie das sagen! Ich rufe aber auch aus einem anderen Grund an, ich würde Sie heute Abend gerne sehen!"
Was war nur in den Geistlichen gefahren? Niemand konnte so einfach über sie verfügen, schon gar nicht ein Priester, dem manch einer im Ort nachsagte, durchaus ein Faible für fleischliche Genüsse zu haben.
„Das geht leider nicht, ich habe Termine. Gibt es denn einen speziellen Anlass?"
„Die heutige Messe ist der vermissten Frau Altgsell gewidmet ...", fiel ihr der Priester beinahe ins Wort.
„Und was bitte hat das mit mir zu tun?"
Sie hatte im Affekt wohl zu schnell, zu aufgeregt geantwortet, hoffte aber, dass der Priester nichts bemerkt hatte.

„Ich hoffe gar nichts", der Priester machte eine künstlich lang gezogene Pause, „ich wollte nur fragen, ob Sie, wie einige andere auch, eine der Fürbitten lesen würden?!"
Für Gefahren hatte sie eine Art sechsten Sinn und immer, wenn eine solche drohte, trat ihre Halsschlagader leicht hervor. Warum gerade sie? Es gab dutzende Personen im Ort, die ein näheres Verhältnis zu Frau Altgsell gehabt hatten, ganz abgesehen von denjenigen, die das Flittchen verführt hatte. War die Auswahl ihrer Person also Zufall? War die Nominierung ihrer Rolle als Vorzeigeunternehmerin Stradens geschuldet? Oder steckte mehr dahinter? Sie griff sich auf die Halsschlagader, die immer stärker hervortrat. Ganz egal warum er sie das fragte, sie hatte praktisch keine Wahl. Würde sie kneifen, wäre sie einerseits im Ort verschrien und würde andererseits den Anschein erwecken, ihr nicht wohlgesonnen zu sein. Das wiederum könnte einige, vielleicht sogar die Polizei, bestärken, den Gerüchten um die Affäre ihres Mannes mit Juliana Glauben zu schenken. Nein, sie konnte dem Pfarrer die Bitte keinesfalls abschlagen.
„Ach so, na wenn's um die arme Frau Altgsell geht, kann ich meine Termine natürlich verschieben. Gott hab sie selig!"
„Dann wissen Sie mehr als der Rest von uns. Momentan gehen noch alle davon aus, dass Frau Altgsell am Leben ist. Sie nicht?", entgegnete der Prälat verwundert.
Vor Wut hätte sie sich beinahe in die Lippen gebissen. „Gott hab sie selig" – einen blöden Versprecher wie diesen hatte sie so notwendig gehabt wie einen Pickel am Hinterteil. Der Priester hatte einen seltsamen Ton angeschlagen. Als würde er selbst davon ausgehen, dass Juliana tot war, vor allem aber, als ob ihr Versprecher keiner war.
„Da sehen Sie Pater, was das zunehmende Alter aus einem macht", sie versuchte mit einer Mischung aus Lockerheit und

Selbstverständlichkeit die Situation zu kitten, „da schlafen die grauen Zellen schon vormittags! Ich meinte natürlich Gott steh' ihr bei, damit sie bald wieder in unserer Mitte ist!"
„Ich bitte um Entschuldigung, natürlich wollte ich Sie nicht in Verlegenheit bringen! Warum sollten Sie auch davon ausgehen, dass sie tot ist – dafür gäbe es bei Gott keinen Grund, nicht wahr?", wieder machte er eine künstlich lange Pause, bevor er fortfuhr, „Dann danke im Namen der Gemeinde schon mal für Ihr Kommen. Bitte wie immer zwanzig Minuten vor Beginn, damit wir alle gemeinsam die Fürbitten durchgehen können!"
Frau Recknal bejahte das Anliegen und sie verabschiedeten sich. Der Tonfall des Prälaten, die langen Pausen sowie die Zweideutigkeit diverser Aussagen ließen Unheilvolles erahnen. In Gedanken spielte sie noch einmal das gesamte Prozedere durch. Es konnte zu keinen, sie belastenden Verdachtsmomenten gekommen sein. Spätestens aber wenn die nächste Lieferung kam, würden keine verwertbaren Beweise übrig bleiben. Der Prälat selbst war in der Kirche gewesen, konnte demnach nichts gesehen haben, auch gab es keine Zeugen. Im schlimmsten Fall hatte er einen unbeweisbaren Verdacht. Solange aber Martin den Seitensprung nicht öffentlich gestehen würde, konnte man ihr nicht einmal ein Motiv unterstellen. Blieb also nur die Frage, warum sich ausgerechnet ein frustrierter Priester Gerechtigkeit für die Tote auf die Fahnen geheftet hatte?

Es waren nur wenige Worte, doch sie würden ihm viel verraten. Während ihres Telefonats hatte sie sich möglicherweise wirklich versprochen, aber sein Bauchgefühl sagte ihm etwas anderes. Der Priester erinnerte sich an den Vormittag, als er den Streit zwischen Xaver Altgsell und Martin Recknal zufällig mitgehört hatte. Herr Altgsell hatte offensichtlich die gleiche Nachricht wie er erhalten und dessen Verdacht richtete sich gegen die Recknals. Nachdem er mit ziemlicher Sicherheit über Julianas Affäre Bescheid wusste, war die Wut auf Martin nachvollziehbar, aber dem örtlichen Playboy deswegen einen Mord zuzutrauen, erschien ihm doch etwas abwegig. In Martin Recknals Stimme war Trauer gelegen, nicht der Zorn eines zurückgewiesenen Liebhabers. Auch schien ihm der Lebemann zu charakterschwach, um eine Frau, die er gemocht, vielleicht sogar geliebt hatte, einfach so verschwinden zu lassen. Wenn ihn die bloße Anschuldigung eines Verbrechens schon so aus der Fassung gebracht hatte, dass er das Heck seines Wagens um ein Haar demoliert hätte – wie unzurechnungsfähig wäre er als Täter oder Mitverschwörer gewesen? Der Prälat blickte auf die vor ihm liegende Nummerntafel – „SO-RG1". Den ganzen Nachmittag hatte er gegrübelt, ob das RG aus der SMS wirklich für das Wunschkennzeichen RG und somit „Recknal's gARTen" stehen könnte. Anfangs hatte er die Idee als Hirngespinst abgetan, später aber hatte er sich an den Tag der Wildbeobachtung erinnert. Damals mussten Frau Recknal und Juliana schon heftig aneinandergekommen sein. Warum sonst hätte Juliana, die zwar kein Samariter, aber auch kein Unmensch war, sie im kalten Acker zurückgelassen? Und dann war da noch dieses Telefonat gewesen. Er hatte bewusst versucht, die Unternehmerin aus der Reserve zu locken, und obwohl ihre Erklärung plausibel gewesen war, stimmte etwas mit ihrer ersten Reaktion nicht. Sie hatte sich nicht nur mit Leben und Tod versprochen, sie hatte sich auch ohne triftigen Grund in eine Verteidigungsposition begeben. Warum? Sicherlich nicht, weil sie vor ihm sonderlich großen Respekt oder er sie massiv eingeschüchtert hatte! Je länger er darüber nachdachte, je mehr Geräte er geraucht hatte, desto stärker wurde der Verdacht, dass sie sich zum Lesen der Fürbitten nur bereit erklärt hatte, um jeden potenziellen Verdacht gegen sie mit einer öffentlichen Geste ad absurdum zu führen. Die Frage lautete also: Hatte sie schlicht Angst vor der öffentlichen Meinung oder steckte ein kalkuliertes Ablenkungsmanöver dahinter?

Als Frau Recknal eintraf, saß er mit seinem Messdiener Ferdinand, meist als Ferdl bezeichnet, in der Sakristei. Er beobachtete sie, wie sie durch den Haupteingang die Kirche betrat, artig ihre Finger mit Weihwasser benetzte, sich auf den Boden kniete und ein andächtiges Kreuz machte. Sie zeichnete dabei die symbolischen Bewegungen nicht schnell, sondern sehr langsam, sehr bewusst, wie es in der Regel nur stark gläubige Menschen taten. Er wusste, dass auch gläubige Menschen zu schlimmen Dingen imstande waren, aber von der Geschäftsfrau konnte er sich das in diesem Moment nicht vorstellen.

Er war noch in Gedanken, als Frau Recknal wie geheißen eintrat und ihm die Hand schüttelte. Lächelnd bedankte er sich für ihr Kommen und drückte ihr den Text, den sie als Fürbitte verlesen sollte, in die Hand. Mit Argusaugen beobachtete er ihre Mimik, als sie die Textzeilen vor seinen Augen überflog. Er war vielleicht, nein sogar ganz sicher, kein guter Prediger, aber er verfügte über eine ausgereifte Beobachtungsgabe. So bemerkte er, dass ihre Halsschlagadern leicht hervortraten, gewöhnlich ein Zeichen für erhöhten Puls. Sie war also entweder von besonderer Trauer erfüllt oder aus einem anderen, ebenso triftigen Grund aufgeregt. Auch der Umstand, dass sie sich plötzlich kratzen musste und ihren Blick danach ertappt abwandte, verstärkte den Eindruck, dass sie etwas zu verbergen hatte. Die Psyche des Menschen hat nämlich ein Eigenleben, wie er wusste. Erhöhter Stress konnte zu psychosomatisch ausgelöstem Juckreizen führen. Ähnlich, wie viele Menschen dazu neigen, „rot anzulaufen", wenn ihnen etwas besonders peinlich ist. Ein abgewandter Blick wiederum ist in der Regel Ausdruck eines Schuld- oder Schamgefühls. Natürlich war das alles kein Beweis, aber ein weiteres Indiz dafür, dass mit Frau Recknal etwas nicht stimmte. Er beschloss, ihre mündliche Reaktion zu testen:

„Ist etwas unklar? Sie wirken so verstört, als würde Ihnen eine Passage nicht zusagen oder unverständlich sein."

„Nein, nein alles bestens. Ich war nur über den weltlichen Inhalt positiv überrascht! Da haben Sie sich ja richtig Mühe gegeben …", Frau Recknal beantwortete die Provokation des Pfarrers mit einer Gegenprovokation, „wenn Sie gestatten, werde ich mir jetzt meinen Platz für den Gottesdienst suchen, um mich in Ruhe vorzubereiten!"

Mit diesen Worten verließ Frau Recknal die Sakristei, Priester Rangl sah ihr durch das kleine Glasfenster in der Türe nach. Er brauchte nichts mehr zu sehen, ihre Reaktion sprach Bände. Die Frau hatte etwas zu verbergen, hatte eine Leiche, hatte Juliana im Keller. Er schickte den Messdiener nach neuem Wein und griff, als dieser die Sakristei verlassen hatte, nach seinem Handy. 133 – diesmal musste man ihm Glauben schenken.

Ich war nicht die Biene im Saftglas, ich war der verdammte Stein am Grunde des Meeres, am Boden der Gülle in meinem Fall. Zumindest drohte mir dieses Schicksal. Immer tiefer sank ich ein, anfangs ragten Becken und Beine noch aus der schlammigen Masse heraus, jetzt waren sie schon in ihr verschwunden. Panik stieg auf, was, wenn ich mich in treibsandähnlichem Kompost befand? Es kostete mich zunehmend mehr Kraft, den Kopf aufrecht zu halten. Den restlichen Körper wagte ich nicht zu bewegen, Arme und Beine hatte ich seitlich weggestreckt, um mein Gewicht möglichst gleichmäßig zu verteilen. Es war wie auf einem zugefrorenen See mit einbrechender Eisdecke, nur dass ich nicht im eiskalten Wasser, sondern in warmer Scheiße ertrinken würde. Angsterfüllt verfolgte ich jeden Millimeter, den die erdige Pampe hinaufwanderte. Die Beine, sogar die Schuhspitzen waren nun vollends bedeckt und immer noch schossen Tonnen von Kompostmasse aus dem Rohr. Verzweifelt ruderte ich mit den Händen, versuchte zumindest den Kopf aus der Masse herauszuhalten, schaffte es aber nicht. Kinn und Lippen waren schon bedeckt. Der Schleim lag schwer auf meiner Brust, hunderte Kilo drückten gegen den Brustkorb, die Atmung war keine Selbstverständlichkeit mehr, sie wurde zum Überlebenskampf. Sogar wenn ich es weiterhin schaffen würde, den Brustkorb zu heben, in ein paar Minuten würde ich höchstens faule Blätter und Schweinekot in die Lungen bekommen.

Der Tod machte mir dabei keine Angst. Das Leben danach – noch weniger! Tot ist tot, Gott scheißt auf die Toten, er bestraft schon die Lebenden mit Fäkalien, warum sollte er sich im Jenseits nochmals mit ihnen auseinandersetzen? Nein, Angst hatte ich nur von den Schmerzen. Als Kind wäre ich beinahe ertrunken und jeder, absolut jeder, der schon mal für längere Zeit nicht mehr atmen konnte, dem blau vor Augen wurde, weil die Lungen zu platzen drohten – jeder dieser Personen hat Angst zu ersticken. Es ist die fundamentalste aller Ängste.

Mit dem letzten verbleibenden Atemzug holte ich nochmal etwas Luft. Nicht viel davon! Weil es keinen Unterschied macht, wie prall die Lunge mit Sauerstoff gefüllt ist, sterben muss man sowieso – je größer das Luftvolumen, desto qualvoller das Warten. Das Befüllen des Silos musste mittlerweile aufgehört haben, wenigstens spürte ich keine kiloschweren Patzen mehr

auf mich herabprasseln. Oder aber ich war schon so tief eingesunken, dass der Kompost über mir den Einschlag dämpfte. Wie auch immer! Auch schon egal! Vielleicht könnte ich wenigstens die Kraft aufbringen und dem Drang, den Mund zu öffnen und Fäkalien zu atmen, widerstehen. Wahrscheinlich nicht. Urinstinkte lassen sich nicht auf Befehl unterdrücken, ich musste nehmen, was kam. Scheiße!
In diesem Moment wurde ich aus dem Dreck gehoben, es ging aufwärts, eine Plattform drückte mich und den Kompost, der mich bettete, nach oben. Verwundert griff ich nach unten. Es waren eng aneinandergereihte Gitterstäbe, die wie ein Aufzug wirkten. Keine Ahnung, woher die Dinger kamen, aber ich konnte wieder stehen, ja sogar aufrecht sitzen. Die Gülle stand mir bis zum Hals – nur noch!

Als praktizierende Katholikin kannte sie die Stelle, an der sie sich von ihrem Sitz erheben und zum Rednerpult gehen musste, ganz genau. Das Signalzeichen des Priesters wäre dazu nicht nötig gewesen, doch ließ er sich auch diese Form der Provokationsmöglichkeit nicht entgehen. Während er noch vom Christus als Spross aus dem Stamme Davids und der Heilsprophezeiung sprach, deutete er Frau Recknal, nach vorne zu kommen. Er benutzte dazu den Mittelfinger der rechten Hand, während die restlichen Finger zu einer Faust zusammengezogen waren, sodass nur Handrücken und der zirkulierend gestreckte und wieder eingezogene Mittelfinger ihr deutete aufzustehen.
Frau Recknal kochte innerlich, wie respektlos konnte jemand, der sich als Priester bezeichnen durfte, noch mit der Glaubensgemeinschaft und dem Gotteshaus selbst umgehen? Sie blickte kurz um sich, er hatte die Geste so raffiniert versteckt, dass nur

sie sie wahrgenommen hatte. Sie lächelte. Schon viele hatten versucht, sie am Erreichen ihrer Ziele zu hindern, ihr Steine in den Weg zu legen, doch niemandem war es bislang gelungen – Monsignore Rangl würde keine Ausnahme darstellen, Gott wusste das am besten.

Ruhig, gefasst, den Eindruck von tiefer Betroffenheit erweckend schritt sie zum Rednerpult. Große Auftritte waren ihr nicht fremd, das Rüstzeug dazu war ihr in die Wiege gelegt worden. Sie blickte in die Menge, visualisierte dabei einen Punkt an der Wand, der knapp hinter dem letzten Kirchengast war, um jedem Einzelnen das Gefühl zu geben, persönlich angesprochen zu werden. Danach nahm sie sich noch einige Sekunden, um all jene, die abwesend wirkten, kurz und intensiv anzustarren. Damit war ihr die Aufmerksamkeit der Glaubensgemeinschaft gewiss. Es war vielleicht die Kirche des Prälaten, aber es war ihre Bühne, ihre Show:

„Wir bitten für alle jene, deren Aufenthaltsort im Dunklen liegt. Mögen sie die Kraft haben, ihren Peinigern zu widerstehen, denn Gott wird schon im irdischen Leben diejenigen zur Rechenschaft ziehen, die Unheil über die Welt bringen. Gib Juliana Altgsell die Entschlossenheit und Kraft, Hilfe abwarten zu können, und uns hier in Straden die Weisheit, den oder die Täterin zu erkennen und zu enttarnen. Wir bitten dich, erhöre uns!"

Den Kirchenbesuchern war die Verwunderung über die doch sehr weltlich geratene Fürbitte anzusehen, doch wiederholten sie umso lauter und begeisterter. Frau Recknal verließ das Pult und setzte sich wieder auf ihren Platz in der ersten Reihe vor dem Altar. Sie spürte, dass die Augen des Pfarrers auf sie gerichtet waren. Seine Erwartungshaltung war klar, doch wesentlich war die der Messbesucher. Sie saß nicht zu aufrecht, um den Anschein von Betroffenheit zu suggerieren, doch vermied sie es auch, zu nachdenklich, gar schuldbewusst zu wirken. Niemand sollte aus ihrer Körpersprache falsche Rückschlüsse ziehen.

Nachdem Glaubensbekenntnis wie auch Vaterunser gesprochen worden waren, und sich der Priester selbst einen herzhaften Schluck Wein gegönnt hatte, wurden die Hostien an die Gläubigen verteilt. Natürlich war Frau Recknal aufgestanden und hatte sich im ersten Drittel der Schlange eingereiht. Das heilige Brot nicht aus den Händen des Prälaten zu empfangen, wäre einem öffentlichen Schuldeingeständnis gleichgekommen. Als sie an der Reihe war, lächelte sie Priester Rangl kalt, mit einer Mischung aus Hohn und Kampfgeist, an. Sie öffnete den Mund und ließ sich die Oblate auf die Zunge legen. Es war ein kleiner Moment, ein Augenblick des Zwischentriumphs, als sie die Hostie, den schuldbefreienden Körper Christi, durch seine Hände empfing. Sie wusste, dass er ihr die Kommunion nicht verweigern durfte. Das Einzige, was er, der Liturgie sei Dank, entgegnen konnte, war: „Der Leib Christi!“ Sie machte ihr Kreuz demonstrativ langsam und erwiderte: „Amen!“

Kapitel VI – von Spürhunden, Würmern und Pensionisten

Was ist Zeit? Sind es die Jahre, die man auf der Erde verbringt, ohne groß darüber nachzudenken? Sind es die wenigen Sekunden sexueller Befriedigung, die einem geschenkt werden? Sind es vielleicht die Stunden, die man investiert, um einen wahrscheinlich sinnlosen Job zu erfüllen? Verdammt nein – Zeit bringt keine Erfüllung! Zeit ist das Warten auf den Tod. Zumindest ist es hier, im Silo, so. Minuten, Stunden, Tage – man verliert das Zeitgefühl, wenn man auf einem Lattenrost aus dünnen Stahlrohren und einer Matratze aus Kompostmüll und Pferdemist liegt. Anfangs kriecht man noch herum, hat wohl was mit Überlebenstrieb zu tun. Meine Augen hatten sich so sehr an die Dunkelheit gewöhnt, dass alleine die Vorstellung von grellem Tageslicht reichte, um einen Migräneschub zu verursachen. Aber ich brauchte nicht mal einen Gedanken an Tageslicht zu verschwenden, um Kopfschmerzen zu bekommen. Zu denken, sich bewusst auf etwas zu konzentrieren, war mir nur unter größten Anstrengungen möglich. Nur wenn die Vögel pfiffen, so hörte es sich nämlich an, wenn die Sauerstoffdüsen angelassen wurden, erwachte ich. Dann konnte ich für wenige Minuten klare Gedanken fassen. In einem dieser Momente hatte ich meine Bluse zerrissen und die vier Enden an den Gitterstäben über mir befestigt. Einmal am Tag, vielleicht auch zwei oder drei Mal, wer konnte das schon so genau sagen, wurden der Mist und ich mit Wasser besprenkelt. Wir beide nahmen das flüssige Nass dankbar auf, die Gülle direkt, ich über meinen Wassersack, meine Bluse. Gott, falls es den Sadisten überhaupt gab, sah mir dabei zu.

Er musste den Anblick, wenn ich mich verzweifelt nach ein paar Tropfen Wasser verzehrte, regelrecht genießen! Warum sonst hatte er mir keine Hilfe geschickt? Es bestand kein Zweifel, Gott hatte was gegen unabhängige, selbstständige Frauen. Klar, es hieß ja auch der Gott und nicht die.
Während ich auf den Zug wartete, nichts anderes war das nämlich hier, ein verdammter Zwischenstopp auf meiner Reise, dachte ich auch an Xaver und Martin. Waren sie zu blöd, mein Verschwinden zu bemerken? Wie lange würde Xaver warten, bis er meine Mutter anrufen würde – bis ich tot war? Wahrscheinlich hatte er meine Abwesenheit gar nicht bemerkt und war nur froh, endlich ungestört Zeit mit seinem Wein verbringen zu können. Und was war mit Martin? Die Welt wollte er mir zu Füßen legen, heiraten, Frau und Kinder verlassen – alles wegen mir! Zum Teufel, verdammter Heuchler – im Bett mochte er ja seine Qualitäten haben, aber ohne das Geld seiner Frau blieb nichts außer einem verträumten Mittellosen übrig. Arschloch! Warum suchte er nicht nach mir? War er zu dumm, um zu bemerken, dass seine Frau auf dem besten Weg war, mich umzubringen? Oder steckte er mit ihr unter einer Decke? Schwer vorstellbar, physisch zumindest. Im Nachhinein hätte ich das Miststück erledigen sollen. Damals, auf dem Acker, als ich die Chance dazu hatte. Vor ihren Augen hätte ich es mit Martin tun sollen, vor den Augen ihrer Kinder, um zu demonstrieren, wie arm und hilflos sie in Wirklichkeit war.
Ein bekanntes, ja fast lieb gewonnenes Geräusch setzte ein. Es war das Surren der Siloklappen, in Kürze würde ich meine Ration Tageslicht bekommen. Zumindest ging es mir besser als den Hühnern in den Legebatterien. Die Augen hielt ich fest geschlossen, wollte nicht sehen, wollte nur das wärmende Licht spüren. Aus der Ferne hörte ich Stimmen. Es mussten mehrere sein, sie riefen nach mir. Verdammte Scheiße, die En-

gel klangen so gar nicht nach Engel, eine Stimme konnte ich deutlich erkennen – es war Heinz Weiß, ein Bekannter, ein Polizist! Mit aller Kraft versuchte ich die Augenlider anzuheben. Das Silodach war nur minimal geöffnet und doch verbrannte mir die eintretende Sonne die Netzhaut. Ich negierte den Schmerz, hatte keine Zeit für Selbstmitleid und kroch auf allen vieren los – zur Silowand. Ich hörte, wie Polizisten meinen Namen riefen, versuchte schneller zu kriechen, wollte aufstehen, fiel wieder zu Boden und kroch weiter. Hals, Mandeln und Zunge waren geschwollen, die Dehydrierung war weit fortgeschritten. Durchhalten! Nicht aufgeben! Schmerz ist nichts Reales! Mit aller Kraft schrie ich um Hilfe, pochte gegen die Wand – sie mussten mich hören.

Besuche im Friseursalon Koiner gehörten zu den wenigen, wenn nicht der einzigen Entspannung, die sich die Unternehmerin gönnte. Über die Jahre, in denen der Salon zu einer lokalen Institution geworden war, hatte sie den Ritus entwickelt, ihr Handy während des Friseurbesuchs abzudrehen. Als Geschäftsfrau war sie Tag und Nacht erreichbar, stand für Kunden, Angestellte und den gefühlten Rest der Welt vierundzwanzig Stunden zur Verfügung – doch nicht für die Dauer ihres Friseurtermins. Der kleine Laden mit drei eigenen Kundenparkplätzen lag strategisch günstig gegenüber der Fleischerei Scharfy und war Garant für Entspannung und höchste Kundenzufriedenheit – seit über 30 Jahren. Eva Recknal ließ sich zu Beginn ihr ursprünglich blondes, mittlerweile ergrautes und deswegen stets nachgefärbtes Haar minutenlang mit warmem Wasser spülen. Einmal hatte sie eine andere Friseurkundin der Wasserverschwendung bezichtigt, worauf sie mit lauter Stimme darauf hingewiesen hatte, dass sie keinen fünf-

zehn mal sieben Meter großen Privatpool mit Grundwasser befüllen würde, nur um Natur und Landwirtschaft das letzte Bisschen Lebenselixier zu entziehen. Das hatte gesessen – Frau Schwandner hatte nie wieder nur ein Wort über sie verloren und war ein halbes Jahr später überhaupt nach Wien gezogen. Zusätzlich hatte sie ihren Ruf – jeden Kritiker verbal zu enthaupten – gefestigt und war seitdem nicht wieder belästigt oder auch nur schief angesehen worden. Grundsätzlich war ihr die Wasserverschwendung ziemlich egal, aber seit Beginn der 1990er konnte man mit vorgegaukeltem Umweltbewusstsein fast jeden in die Schranken weisen, der Erfindung des „ökologischen Footprints“ sei Dank!
Das Wasser, es musste genau 48° Grad Celsius haben, konnte für sie nicht heiß genug sein. Es umspielte ihre Stirn, spülte ihre oberflächlichsten Alltagsprobleme für einen kurzen Moment weg. Früher hatte Frau Koiner selbst noch Hand angelegt, mittlerweile übernahm die Kopfmassage schon ihre nicht minder begabte Tochter. Auch sie hatte magische Hände und diese waren gegen stressbedingte Migräne allemal wirkungsvoller als jedes handelsübliche Schmerzmittel. Natürlich wurde man auch im Friseursalon Koiner mit Neuigkeiten aus Ort und Region versorgt, was angenehmer, vor allem aber bequemer war, als Gesellschaftsnachrichten im Pfarrblatt oder anderen regionalen Zeitschriften lesen zu müssen. Aber Eva Recknal schätzte auch eine weitere Komponente am Salon. Frau Koiner war nicht nur die einzige selbstständige Frau und damit eine Art Leidensgefährtin im Ort, sie waren auch zur selben Zeit Mitglied im „Photojagd & Wildlife Verein Straden“ geworden. Beide einte die Faszination, wild lebende Tiere zu beobachten und deren Leben in einer zunehmend tierfeindlichen Welt zu fördern, wobei gerade Frau Recknal in den letzten Monaten zwar viel gespendet, aber wenig Zeit für

Tierbeobachtungen im Speziellen und die Vereinsaktivitäten im Allgemeinen hatte aufbringen können.

„Ich bin schon auf die Aufnahmen vom Rosenberg gespannt, hoffentlich ist uns da was Großes vor die Linse gelaufen!" Frau Koiner konnte ihre Begeisterung kaum bremsen.

„Aufnahmen? Rosenberg? Was meinst du?"

„Na diese neumodernen Wildkameras, die der Verein vor drei Monaten beim alten Jägerparkplatz installiert hat. Die sind irgendwie in ausgehöhlten Baumstämmen oder so montiert und mit Bewegungssensoren ausgestattet! Toll oder? Unsere tierischen Hauptdarsteller bekommen gar nicht mit, dass sie gefilmt werden, und verhalten sich damit so natürlich, wie man es nur tut, wenn man nicht beobachtet wird!"

Frau Recknal stockte der Atem. Die Worte „Jägerparkplatz", „Rosenberg" und „Kamera" wollte sie nicht in einem Atemzug gehört haben. Ihr wurde übel, wenn die Dinger wirklich Bewegungssensoren hatten, wäre es gut möglich, dass sie beim Abbrennen des Wagens gefilmt worden war. Ihre Gedanken rasten, sie musste möglichst schnell herausfinden, wo die Aufnahmen waren und ob sie schon jemand gesehen hatte.

„Ach Gerti, wo bin ich nur mit meinen Gedanken?! Jetzt fällt's mir wieder ein, bei der Beschlussfassung zur Anschaffung der Kameras war ich ja selbst dabei! Habe die Dinger ganz vergessen, werden aber sicherlich großartige Aufnahmen werden. Hat sie schon jemand gesehen?", frage Frau Recknal möglichst uninteressiert.

„Wenn überhaupt der Obmann! Aber der hat schon beim Aufstellen gemosert, dass er für die Auswertung keine Zeit haben würde!"

„Dann werde ich das übernehmen!", platzte es aus Frau Recknal heraus.

„Meinst du wirklich Eva? Du bist ja selbst im Stress! Lass ihn das machen, der soll sich in seiner Pension ruhig etwas quälen!“

„Soll ich dir was sagen? Nein! Diesmal werde ich nicht wieder meine Arbeit vorschieben und den Verein im Stich lassen. Diesmal werde ich das Wertvollste, was ich besitze, in den Verein einbringen – meine Zeit!“

„Kannst du das denn? Videobearbeitung soll ziemlich kompliziert sein!“, fragte die Friseurin besorgt.

„Sicherlich nicht schlechter als ein Volksschullehrer im Ruhestand! Und wenn ich nicht weiter weiß, macht's mein Sekretär. Der Junge ist ein technisches Genie!“

Zur Überraschung von Frau Koiner nahm sich Frau Recknal ein Handtuch, trocknete sich behelfsmäßig das Haar und ging zum Tresen.

„Was ist mit Schneiden, Legen, Föhnen? Du willst deine wöchentliche Sitzung doch nicht so einfach abbrechen? So wichtig sind die Rehe und Wildschweine dann auch nicht, oder?“ Frau Koiner war ob des plötzlichen Aufbruchs ihrer Freundin überrascht.

„Du kennst mich Gerti! Wenn ich mir was in den Kopf gesetzt habe, muss ich es gleich umsetzen. Und die Zeit, um Arbeit, Videoschnitt und Friseurtermin unterzubringen, habe ich dann auch nicht. Wir sehen uns nächste Woche, behalte den Rest!“

Mit diesen Worten legte Frau Recknal dreißig Euro auf den Tresen und ließ eine verdutzte Friseurin zurück. Schnellen Schrittes ging sie zum Wagen, am liebsten wäre sie gerannt, entschied sich aber dagegen. Schon jetzt würde sich ihre Freundin schwer über ihr Verhalten wundern, doch sie konnte unmöglich bleiben, die Gefahr, die von den Videoaufnahmen ausging, stellte alle anderen Aspekte in den Schatten. Sie fuhr bis zur Kreuzung, ignorierte den eigenen Nachrang und wäre dabei um ein Haar mit einem der berüchtigten „Schuster-LKW" kollidiert. Den ob der Beinahe-Kollision wild fluchenden LKW-Fahrer negierend, fuhr sie an der Sazianistube vorbei in Richtung Kronnersdorf. Das Haus des Obmanns lag am Rande eines Waldstücks. Inständig hoffte sie, dass der Pensionist die Aufnahmen noch nicht eingesehen hätte.

Nach dreimaligem Klingeln, der Erkenntnis, dass in der Garage kein Auto stand, und darauffolgenden ernsthaften Gedankenspielen, ins Haus einzubrechen, öffnete schließlich die Frau des Obmanns. Obwohl unangekündigt wurde sie ins Haus gebeten, wurden Kaffee und Kuchen kredenzt. Auf glühenden Kohlen sitzend versuchte Frau Recknal das Gespräch in Richtung der Aufnahmen zu lenken. Ihr Gegenüber erzählte ununterbrochen von neuen Backhendlrezepturen, einem Thema, dem sie als Vegetarierin grundsätzlich mit Abneigung begegnete. Abgesehen davon stellte sich die Frage, inwiefern es einen Unterschied machen sollte, ob man das tote Tier nun in Sonnenblumen- oder Rapsöl frittierte? Wenigstens erfuhr sie auf diesem Wege, dass der Obmann zu einem Biobauern gefahren war, um eine ausgenommene Henne zu kaufen. Wenigstens etwas, dachte sie sich. Ihre Gastgeberin fuhr indessen mit weiteren skurrilen Rezeptvorschlägen fort, während Frau Recknal überlegte, ob es vorteilhafter wäre, die Aufnahmen erst anzusprechen, wenn der Obmann von seiner „Einkaufstour" zurück war. Damit würde die ganze Aktion weniger überfallsartig wirken, doch ebenfalls das Risiko einer Abfuhr bergen. Auf der anderen Seite musste sie herausfinden, ob er das Videomaterial schon gesichtet hatte, wenn ja, stand sie mit mindestens einem Bein, wenn nicht kopfüber, im Gefängnis. Das wiederum würde bedeuten, dass sie sowohl die Aufzeichnungen als auch das Ehepaar verschwinden lassen müsste. Gott hatte sie die Vision

ihrer Eherettung träumen lassen, nicht aber das Beseitigen zweier Pensionisten. Sie entschloss sich, Frau Kolberitsch direkt auf die Bänder anzusprechen. Wie befürchtet wusste die Hausfrau weder etwas von den Kameras noch von den Aufzeichnungen, noch ob ihr Mann diese schon angesehen hatte. Der Umstand aber, dass Frau Kolberitsch freundlich, offen und unvoreingenommen mit ihr plauderte, machte Hoffnung. Hätte ihr Mann belastendes Material auf den Aufnahmen gefunden, wäre er wohl zur Polizei und nicht zum Biobauern gefahren. Außerdem hätte er sicherlich mit seiner Frau darüber gesprochen. Die Chancen standen demnach ganz gut, mit einem blauen Auge davonzukommen, sie musste nur noch an die Bänder gelangen.
„Aber hallo, ein seltener Gast! Was verschafft uns die Ehre?", Obmann Kolberitsch hatte das Wohnzimmer betreten.
„Unverhofft kommt oft – nicht wahr!"
Frau Recknal war aufgestanden und wollte ihm die Hand schütteln, doch der Pensionist drückte sie gleich an sich. Offensichtlich war sie schon so lange nicht mehr bei Vereinssitzungen gewesen, dass sie vergessen oder verdrängt hatte, wie der ehemalige Lehrer weibliche Bekannte begrüßte – mit einem Kuss auf den Mund. Er war der Thomas Gottschalk Stradens und ob seines gesellschaftlichen Status' als Lehrer auch nie für seine anzügliche Art kritisiert worden. Die Ekelgefühle unterdrückend setzte sie ihr freundlichstes Lächeln auf. Danach erzählte sie von dem vielen Stress des letzten halben Jahres und ihrem schlechten Gewissen, weder beim Aufstellen der Kameras noch bei anderen Vereinsaktivitäten geholfen zu haben. Dabei wirkte sie so überzeugend, dass der ansonsten nicht gerade für seine Anteilnahme bekannte Pensionist – als ehemaliger Lehrer betrachtete er sich stets selbst als größtes gesellschaftliches Stressopfer – einen Anflug von Mitleid zeigte. Es war der Moment, in dem Frau Recknal ihre Chance erkannte. Sie schlug dem

Obmann vor, den Grobschnitt der Daten selbst zu übernehmen beziehungsweise durch ein befreundetes Unternehmen machen zu lassen und auch die Kosten dafür tragen zu wollen. Das plötzliche Engagement verwunderte Obmann Kolberitsch zwar etwas, doch die Aussicht, wochenfüllender Videosichtung zu entgehen, stimmte ihn positiv.
„Du weißt schon, worauf du dich da einlässt? Das sind hunderte Stunden Material und ich hab im besten Fall die ersten zehn Prozent durchgesehen."
„Verstehe! Ich nehme an, dass in Summe, wenn überhaupt, maximal fünf Prozent der Aufnahmen verwertbar sind – so viel Wild gibt's am Rosenberg ja auch nicht!"
„Ein bisserl mehr wird's hoffentlich schon sein, aber die ersten hundertzwanzig Stunden ist mal gar nichts zu sehen!"
Frau Recknal schmunzelte, bislang war sie offensichtlich nicht aufgeflogen. Zusammen gingen sie in das Arbeitszimmer des Obmanns, wo er ihr zwei Festplatten übergab. Sein Schreibtisch war von kleinem Zettlwerk übersät, dazwischen standen gebrauchte Biergläser und halb volle Aschenbecher. Entweder war der Mann ein schlampiger Teufel oder ein Genie, das im Chaos lebte.
„Gibt's keine Sicherungskopien, falls mir die Platten kaputtgehen?", fragte sie scheinbar besorgt nach.
„Wollte ich machen, aber meine Festplatte ist zu klein, da hab ich's lassen! Du hast doch nicht vor, die Dinger zu zerstören, oder?", fragte der Obmann scherzhaft.
„Niemals, ich werde die Aufzeichnungen hüten wie meinen Augapfel! Als wären sie lebenswichtige Organe! Bei denen will man auch nicht, dass sie kaputtgehen oder in falsche Hände geraten!"
Der Vereinsvorstand lachte und übergab ihr die Festplatten. Die Daten im Gepäck verließ sie das Arbeitszimmer, bedankte

sich für die liebevolle Bewirtung und versprach dem Obmann, sobald wie möglich über die Auswertung des Filmmaterials zu berichten. Das Ehepaar Kolberitsch sah ihr beim Verlassen des Hauses nach, es hatte nichts bemerkt. Weder das schwere Atmen bei der Verabschiedung, noch dass ihr vor lauter stressbedingtem Zittern der Autoschlüssel zweimal aus der Hand geglitten war.

Monsignore Rangl hatte für sich endgültig beschlossen, selbst aktiv zu werden. Seit dem Gottesdienst war er sicher, dass die Recknals irgendetwas mit dem Verschwinden von Juli zu tun haben mussten. Was Martin betraf, war er noch im Zwiespalt, aber Frau Recknal hatte definitiv etwas zu verbergen und von der Polizei hatte er in Sachen Ermittlungstätigkeit auch nichts mehr gehört. Natürlich hatte er keinen guten Draht zur Polizei, auch niemanden, der als Informant hätte dienen können, aber in Straden, das seit Jahren über keinen eigenen Polizeiposten mehr verfügte, wäre jedwede Aktivität von Polizeikräften nicht unbemerkt geblieben.
Er hatte sich von seinem Messdiener zum Firmengelände von „Recknal's gARTen“ chauffieren lassen. Nicht, dass sein geliebter Alfa den Weg alles Irdischen gegangen wäre, aber ein unbedeutender Zwischenfall in Verbindung mit einer übermotivierten Exekutivperson hatte ihn den Führerschein gekostet. *Merda* – der Prälat ärgerte sich. Er hätte nach dem seinerzeitigen Besuch des Polizeipostens besser auf die Einkehr in der Buschenschank Neubauer verzichten sollen. So aber war er gezwungen gewesen Ferdl kurzerhand zum Chauffeur umzufunktionieren, eine Tätigkeit, die dem Pfarrsekretär und Messdiener noch weniger lag als dessen angestammte Aufgabengebiete – zumindest wenn es nach Prälat Rangl ging.

Nicht nur, dass der Nichtsnutz offensichtlich ein Problem mit seiner Sehstärke hatte, es schien, als wäre sein linker Fuß unkontrollierbaren Zuckungen ausgesetzt, wenigstens wenn es darum ging, ruckfrei anzufahren.

Als sie die Auffahrt zum Firmengelände nehmen wollten, traute er seinen Augen nicht. Um ein Haar hätte er sich ob der gefühlten Hundertschaft an Polizisten in Italien gewähnt. Typisch für beide Länder war nämlich, dass man entweder nicht über die Ressourcen verfügte, eine einzelne Streife zu entsenden, oder aber den halben Polizeiapparat des Landes mobilisierte, um einen Taschendieb aufzustöbern. Er deutete Ferdl, den Wagen etwas abseits zu parken, stieg aus und ging auf die Werkshalle zu. Ein schneller Rundumblick genügte, um im Trubel der Ereignisse durch die Absperrung zu schlüpfen, niemand schien von ihm Notiz zu nehmen. Er ging durch die Produktionshalle, beobachtete die Beamten, wie diese jeden Winkel des Gebäudes erkundeten, jeden Stein zweimal umzudrehen versuchten. Unbehelligt sah er sich auf dem Werksgelände um. Neben den riesigen Silos gab es unzählige kleine, mit technischem Gerät gefüllte Räume, oder größere, die meisten von ihnen wurden zur Rohstoff- und Produktlagerung verwendet und vermittelten nicht den Eindruck, als Gefängnis oder Grabkammer dienen zu können. Zwei Hundestaffeln kamen auf ihn zu, die Hundeführer hatten Mühe, mit dem Tempo der Profischnüffler mitzuhalten, und konnten diese kaum bändigen. Die Luft in der Halle roch trotz des Winters stickig, was möglicherweise mit dem teilgeöffneten Silodach in Verbindung stand. Warum das Ding überhaupt offen war, lag außerhalb seiner Vorstellungskraft, zumal er nur Anlagen kannte, deren Luke zum Befüllen geöffnet wurde, da die Speicher ja eigentlich dazu genutzt wurden, Getreide trocken zu halten und damit langfristig haltbar zu lagern. Im

Winter aber wurde doch kein neues Getreide eingelagert? Warum überhaupt Silos, wenn das Unternehmen doch gar keine Getreidelagerung oder Verarbeitung zum Geschäftsgegenstand hatte? Wozu waren die Teile gebaut worden?
Um nachzudenken und der schlechten Luft zu entrinnen, verließ er die Werkshalle durch einen per Klebschrift mit „stuff only" gekennzeichneten Seitenausgang. Amüsant, dachte er sich. Englische Hinweise inmitten der Südoststeiermark – die Globalisierung war bis in den hintersten Winkel des steirischen Hügellands vorgedrungen. An die Wand gelehnt kramte er das vergoldete Zigarettenetui aus der Mantelinnentasche und steckte sich ein Gerät an, er musste nachdenken, musste geistige Blockaden lösen. Nichts eignete sich dazu besser als Gottes liebstes Kraut – Cannabis. Er nahm einen tiefen Zug seiner Hybridschöpfung, er experimentierte schon seit Längerem mit „White Widow" und „Marley's Collie", um hohen THC-Gehalt mit langsam einsetzender Entfaltung zu verbinden.
Im Hintergrund tat sich ein langer Regenbogen, der sich vom Saziani über die Florianikirche bis zum Fuße Karbachs erstreckte, auf. Einfach so, mitten in einer von Hochnebel dominierten Zeit. Kein Wunder – aber ein seltener Lichtblick! Seit seiner Versetzung hatte er zwar mehr Gottesdienste als je zuvor gefeiert, selbst aber nicht mehr gebetet. Irgendwie war er zwischen Selbstmitleid und Welthass stecken geblieben oder hatte zumindest eine Glaubenspause eingelegt. In Gedanken sprach er mit dem Regenbogen, erklärte ihn zu einem beschissen schönen Gotteswerk und erkannte erstmals, dass der Ort vielleicht nicht nur Strafe sein musste. Straden war weithin sichtbar, seine Bewohner zählten zu den ehrlichsten Menschen, die ihm bis dato begegnet waren. Der Ort hatte seine eigene Magie, nur war ihm das erst in diesem Augenblick bewusst geworden. Er würde, nein, er müsste Juliana finden. Sie war die erste Per-

son gewesen, die ihn trotz oder gerade wegen ihrer provokant eigensüchtigen Art aus seiner Tristesse gerissen hatte. Sie war kein besonders guter Mensch, war er selbst ja auch nicht, aber irgendwie konnten ein Minus und ein Minus scheinbar doch ein Plus ergeben. Bitte – er blickte fast beschämt in den Himmel: „Lass' sie mich finden, lass' sie noch leben!"

„Was woll'n S' da?" Eine nicht unbekannte Stimme riss ihn aus seinen Gedanken. Es war Herr Recknal, der aus dem Nichts aufgetaucht war.

„Kompost!"

„Wie?"

„Ja, ich bin hier, um Kompostdünger für den Kirchgarten zu ordern. Meine Rosen sollen im Frühjahr besonders schön austreiben und da wollte ich mich zwecks Kompostdünger informieren!"

Der Priester hatte sich den Vorwand schon im Vorfeld zurechtgelegt. Die besten Ausreden sind solche, die gar keine sind. Er benötigte wirklich Dünger für seine Rosen. Herr Recknal war definitiv überfordert, die Anwesenheit des Prälaten war ihm unangenehm. Gleichzeitig wusste er aber auch nicht, wie er den ungeliebten Kunden loswerden konnte, und so tat er das, was er als Vertreter immer tat. Er klärte über das Produktsortiment auf. Der Priester warf den Filter seines fast ausgerauchten Joints zu Boden. Gemeinsam gingen sie zurück in die Werkshalle, wo sie, zumindest der Pfarrer, von einem grimmigen Polizisten erwartet wurden, es war der Postenkommandant von Gleichenberg.

„Was machen Sie denn hier? Sie haben hier nichts verloren!", herrschte der Polizeioffizier den Pfarrer an.

„Einkaufen!", die Masche des Pfarrers blieb dieselbe.

Prälat Recknal hatte sich innerlich schon auf ein Wortgefecht vorbereitet, doch der befürchtete Wutanfall des obersten

Polizeibeamten fiel aus. Stattdessen entschuldigte er sich bei Herrn Recknal für die Unannehmlichkeiten, die die Durchsuchung des Betriebsgeländes mit sich gebracht hatte.
„Wie sind Sie überhaupt auf die Idee gekommen, die Leiche von Frau Altgsell hier zu finden?“, bohrte Herr Recknal, der nun wieder Oberwasser hatte, nach.
„Wir hatten ernst zu nehmende Hinweise“, der Polizist antwortete knapp und warf dem Priester einen vielsagenden Blick zu. Pfarrer Rangl ignorierte die Anspielung. Er konnte nicht glauben, dass die Exekutivkräfte samt eingesetzter Spürhunde nichts hatten finden können. Die Tiere bellten nur vor dem Tank umher, zogen in keine Richtung, hatten offensichtlich keine Witterung aufnehmen können. Hatte er sich wirklich geirrt? Warum sprach Martin Recknal von einer Leiche, obwohl Juli durchaus noch am Leben sein konnte?
„Sie haben hier trotz der Spürhunde nichts gefunden?“ Prälat Rangl beschloss, selbst noch einmal nachzufragen.
„Es geht Sie zwar nichts an, aber damit Sie Ihren Frieden finden – nein, gar nichts! Nichts, was auf Frau Altgsell hindeuten könnte! Nur einen gebrauchten Cannabisfilter, den hat wohl irgendein Hippie-Lehrling hinten bei den Büroräumen geraucht!“, entgegnete der Polizeibeamte genervt.
Priester Rangl war über das Ergebnis der Suche enttäuscht, gleichzeitig aber erleichtert, dass der Joint einem „Hippie-Lehrling“ zugeschrieben wurde. Eine Anzeige wegen Besitzes weicher Drogen wäre das Letzte gewesen, das ihm für seine Nachforschungen dienlich gewesen wäre. Nachdem er über keinerlei Beweise verfügte, würde er auf die Mitarbeit der Christengemeinde angewiesen sein. Er würde dementsprechend über ein gutes, zumindest aber kein schlechtes Image verfügen müssen, um die Bewohner Stradens für die Aufklärung des Falles zu gewinnen.

Die Zigarette hatte gut getan, wenngleich die beruhigende Wirkung nicht lange vorgehalten hatte. Sie musste die Aufnahmen schnellstmöglich durchsehen und belastende Stellen löschen, was wahrscheinlich bedeuten würde, die gesamte Festplatte zu zerstören. Der Verein hatte viel investiert, um die Wildschweinpopulation, konkret das Vorhandensein einer Mutterfamilie mit mehr als fünfzehn Schweinen, wissenschaftlich belegen zu können. Ziel war die Errichtung einer Schutzzone, um das Wander- und Sozialverhalten der Tiere besser erforschen zu können. Der Gedanke, dass die Tiere nun für die Jagd freigegeben werden würden, machte sie traurig, doch manchmal verlangten hehre Ziele nach unschuldigen Opfern. Der Zweck heiligt die Mittel, Gott wusste das am besten.

Als sie die Einfahrt zum Betriebsgelände nahm, dachte sie zuerst an eine Fata Morgana, danach an einen schlechten Film, nur um zum Schluss zu gelangen, dass es sich um einen gelebten Albtraum handeln müsse. Dutzende Polizeiwagen hatten das Werksgelände okkupiert – warum hatte sie niemand angerufen? Sie kramte das Mobiltelefon aus ihrer Handtasche hervor. Ein kurzer Blick offenbarte den Grund. In der Eile hatte sie vergessen, das Handy wieder einzuschalten. Hoffentlich hatte Martin die Sache nicht total verbockt, es galt zu retten, was zu retten war. Sie durchbrach das Absperrband, zwei Polizisten sprangen dabei verschreckt zur Seite, ehe sie mit einem kräftigen Satz aus dem SUV sprang. Ihr war klar, dass es für sie nur zwei Möglichkeiten geben würde. Variante eins – Frau Altgsell war gefunden worden. In dem Fall würde sie unter dringendem Tatverdacht festgenommen werden. Damit wäre sie in Kürze eine verurteilte Mörderin, ihr im Zeitpunkt der Verhaftung dargebrachtes Verhalten würde keine große Rolle mehr spielen. Variante zwei – die Polizei hatte nichts oder

nur unbrauchbare Indizien gefunden. In diesem Fall würde sie durch aggressives Auftreten den Anschein erwecken, unschuldig zum Handkuss gekommen und deswegen zu Recht wütend zu sein. So oder so, sie musste handeln, Angriff war die beste Verteidigung – Gott wusste das am besten.
Die Beamten, die sie auf dem Weg durch das Absperrband beinahe angefahren hatte, kamen wütend auf sie zu. Doch bevor diese auch nur ein Wort über die Lippen gebracht hatten, hatte Frau Recknal schon den ersten wütenden Wortschwall über sie ergehen lassen. Mit strengem, keinen Widerspruch tolerierendem Blick verlangte sie nach dem einsatzleitenden Offizier – sie hatte schon eine Ahnung, wer das sein würde. Die Beamten, die es nicht gewohnt waren, von Zivilisten derart angesprochen zu werden, wussten ebenfalls keine bessere Lösung und geleiteten die erboste Unternehmerin zu ihrem Vorgesetzten. Frau Recknal überkam die blanke Wut, als sie sehen musste, dass neben ihrem Mann und dem leitenden Offizier auch Monsignore Rangl in ihrer Fabrikshalle stand. Der Mann mischte sich immer öfters in ihre Angelegenheiten. Konnte er sich nicht einfach der Seelsorge widmen und seine Energie in Gottesdienste, Armenspeisungen oder weiß der Geier was stecken?
„Was ist das hier? Wer hat das veranlasst, wer hat das genehmigt? Martin, ich hoffe für dich, dass unser Anwalt schon hier oder wenigstens auf dem Weg ist! Was ist das für eine Sauerei – erklärt mir das einer!?“, Frau Recknal flog den Polizeimajor förmlich an.
„Das ist eine richterlich genehmigte Durchsuchung!“, wehrte sich der Offizier.
„Und was suchen Sie? Komposthaufen? Dann sind Sie sicherlich fündig geworden, wir lagern und bereiten Tonnen von Biomüll auf!“

„Wir suchen Frau Altgsell und hatten ernst zu nehmende Hinweise, dass sie auf diesem Gelände festgehalten werden würde!“, entgegnete der Einsatzleiter.
Frau Recknal konnte sich nicht erklären, wie ihr die Polizei auf die Spur gekommen war. Hatte das Miststück doch noch eine SMS abschicken können, hatte sie vielleicht jemand beobachtet oder war es der Priester, der der Exekutive diesen Floh ins Ohr gesetzt hatte? Und wenn ja, woher sollte er die Informationen haben? Nachdem sie bislang nicht verhaftet worden war, nahm sie an, dass die Polizei nicht fündig geworden war. Ihre Verteidigungsstrategie konnte demnach gar nicht aggressiv genug sein.
„Ernst zu nehmend also!“, rief sie empört, „wo soll denn Frau Altgsell sein? Vielleicht habe ich sie ja zerstückelt und in meinen Safe geschlichtet? Oder vielleicht habe ich sie mit Benzin übergossen und hinterher als Gegrilltes verspeist!“
Die Wirkung ihrer Worte war wohl kalkuliert gewesen, der Beamte erweckte den Eindruck eines begossenen Pudels und die Unternehmerin legte nach:
„Nachdem Sie so ruhig sind, nehme ich an, dass Sie gar nichts gefunden haben! Dass Sie einem Luftschloss hinterherjagen, das wahrscheinlich er“, sie deutete wütend auf den Priester, „erbaut hat. Haben Sie nur eine Minute daran gedacht, dass mir vielleicht jemand etwas anhängen möchte?“
Der Polizeioffizier war nun endgültig gebrochen. Nie in seiner dreißigjährigen Karriere hatte ein Großeinsatz in solch einem Desaster geendet und noch nie zuvor hatte ein Zivilist, auch noch eine Frau, ihm derart die Leviten gelesen. Für einen kurzen Augenblick war es ruhig, ehe der Prälat die beinahe andächtige Stille durchbrach:
„Im Silo! Haben Ihre Leute schon im Silo nachgesehen?“

„Verdammt richtig, meine Worte! Seht im Silo nach, ihr Idioten!" Es war pervers, als wäre es mein Schicksal, ins Gras beziehungsweise in den Kompostmüll zu beißen. Warum konnte ich nicht sagen, aber ich verstand fast jedes Wort, das draußen gesprochen wurde. Warum ließen sich alle außer Mauritz von dieser falschen Natter einschüchtern? Was war mit Martin los? Der Pantoffelheld meldete sich gleich gar nicht mehr zu Wort, erzählte nur Bullshit über Kompostdünger. Verdammt noch mal! Ich lag auf dem dreckigen Misthaufen, die Gülle klebte mittlerweile wie Lehm unter meinen Fingern. Es mussten Abermillionen von Bakterien sein, die den Abfällen Leben schenkten. Als hätte er tausende kleine Füßchen, kletterte der Abfall an mir empor, besetzte jede verdammte Pore meines Körpers. Irgendwann fühlt man sich nicht mehr schmutzig, man wird selbst zum kalten, nassen Küchenabfall. Lautstark schrie ich um Hilfe, doch niemand konnte mich hören. Vielleicht wären meine Rufe verständlicher gewesen, wenn die Hunde nicht unentwegt gebellt hätten, doch die Köter wollten nicht aufhören zu kläffen! Von wegen Lebensretter, Todesengel waren die verdammten Vierbeiner.

Bitte Gott! Ich faltete meine Hände, flehte, dass die Luke weiter aufgehen würde, dass es Heinz' starke Polizistenarme wären, die mich aus diesem Drecksloch befreien würden. Oder Mauritz selbst, sogar über Martins Versager-Arme wäre ich froh gewesen. In diesem Augenblick öffnete sich das Dach noch ein weiteres Stück. Wahrscheinlich war es nur ein Meter, ganz egal, es würde ausreichen. Auf allen vieren, zum aufrechten Gehen fehlte die Kraft, bewegte ich mich auf den Lichtstrahl zu. Es würde nur ein Blick von oben genügen, um mich zu sehen, zu erkennen, zu retten. Ein mechanisches Geräusch, nicht das des Förderbandes, ein neues, unbekanntes konnte ich plötzlich hören. Vielleicht eine Art Lift oder Hebebühnensystem, das würde auch die verbreiterte Dachlukenöffnung erklären. Ja, es würde passieren, das konnte nur die erwartete Hilfe sein. Danke Gott, du hast mich doch nicht vergessen! Gespannt blickte ich nach oben. Wer würde es sein? Wer würde kommen? Ich müsste stark sein, würde keine Schwäche vor dem Miststück von Recknal zeigen, würde ihr in die Augen sehen und sagen, dass ich noch zehntausend Mal mit Martin schlafen könnte und sie mir nichts, aber auch gar nichts würde anhaben können, denn ich hätte gewonnen!

Der Schatten, der langsam über die Silokante wanderte, wurde größer. Es musste ein Kopf sein. Das Tageslicht brannte immer noch in meinen Augen, ich musste sie schließen – und wurde von einem matschigen Gegenstand am Kopf getroffen. Mist verdammter, was war das schon wieder? Immer mehr, immer größere Klumpen fielen auf mich herab. Sie waren nicht hart, waren keine Steine oder lehmige Erde. Langsam, bedeutend langsamer als es mir lieb war, zog ich mich aus der Gefahrenzone zurück. Immer mehr der neuartigen Kompostmasse füllte den Tank. Ich hatte mich zur Wand zurückgekämpft. Saß dort nun aufrecht und hoffte, dass mich kein weiterer dieser Klumpen treffen würde, als mich der Kompost plötzlich am rechten Handrücken berührte. Mit einer schnellen Handbewegung befreite ich mich, wunderte mich aber gleichzeitig, wie etwas, das anfangs unter meiner Hand war, plötzlich auf ihr sein konnte. Wieder fühlte ich etwas Fremdartiges, diesmal am Kopf, diesmal schlängelte sich etwas durch mein Haar. Das Ding musste mindestens zehn Zentimeter lang sein. Es war ekelerregend, möglicherweise ein Wurm oder eine Schlange. In hohem Bogen schleuderte ich das Ding weg, hoffte, dass es nicht zurückkehren würde, als sich plötzlich der ganze Boden auf mich zu bewegte.

„Das ist nicht möglich, beim jetzigen Füllstand kommt man über den Wartungszugang nicht mehr hinein. Da kommen höchstens Tonnen von Gülle entgegen!“, kommentierte die Unternehmerin entsetzt den Vorschlag des Priesters.
Während Frau Recknal wild gestikulierend das drohende Unheil abzuwenden versuchte, löste sich die Festplatte aus der Tasche. Der Pfarrer reagierte blitzschnell. Er fing sie auf, bevor sie den Boden berühren konnte.
„Geben Sie die her!“, fauchte ihn die Unternehmerin an.
„Nur wenn Sie den Tank öffnen! Ich bin mir sicher, dass man über das Silodach einsteigen kann!“
„Sehen Sie das?“ Frau Recknal deutete zum Silodach.
Von den anderen unbemerkt war die Lebendwurmlieferung eingetroffen. Die im Tanklastwagen befindlichen Tiere wurden dabei über ein Saugsystem der neuesten Generation aus dem LKW direkt in den Kompostiertank befördert.
„Was Sie hier sehen, Eure Exzellenz“, die verachtende Höflichkeit war Mittel zum Zweck, „sind zwei Tonnen Regenwürmer. Sie fressen den Müll, scheiden ihn aus und machen ihn auf diese Weise zu Humus! Das ist nicht nur das Geheimnis des Komposthumus, es ist auch ein höchst komplexer und empfindlicher Prozess. Öffnen wir jetzt den Tank, um jemanden hinunterklettern zu lassen, der dann doch nur Müll und Würmer findet, ist das Luftgemisch, das den Prozess erst möglich macht, verändert. Damit wäre der gesamte Verarbeitungsprozess, die Arbeit von Monaten, unwiederbringlich verloren. Der Schaden liegt im Millionenbereich und Sie“, dabei deutete sie auf den Polizeioffizier, „wären persönlich dafür verantwortlich!“
Frau Recknal konnte förmlich spüren, wie dem leitenden Beamten die Schweißperlen aus den Poren traten. Sie wusste, dass er kurz vor seiner Pensionierung stand und nicht gewillt

war, das Risiko eines Skandals und einer durch ihn verursachten Amtshaftungsklage in Kauf zu nehmen.
„Herrgott noch mal, machen Sie sich nicht in die Hosen! Frau Altgsell ist dort drin! Warum glauben Sie, sitzen Ihre Hunde vor dem Tank? Lassen Sie ihn öffnen, das ist nicht nur Ihre Pflicht, damit retten Sie vielleicht ein Menschenleben“, auch der Priester versuchte nun, den Beamten unter Druck zu setzen.
„Und jetzt sage ich Ihnen einmal etwas!“, der Polizeimajor hatte es satt, Spielball zwischen zwei Fronten zu sein, „Sie, Herr Prälat, haben hier gar nichts zu sagen! Sie dürften genau genommen gar nicht hier sein! Wir, die Polizei, sind einem Verdacht nachgegangen, der sich nicht bestätigt hat. Wir werden den schon jetzt verursachten Schaden nicht noch größer machen, als er schon ist. Wir ziehen ab und Ihnen würde ich dasselbe empfehlen – und jetzt geben Sie Frau Recknal die Festplatte zurück!“
Spiel, Satz, Sieg – Frau Recknal lächelte den Priester wissend an, als ihr dieser zähneknirschend die Festplatte aushändigte. Bevor er die Halle verließ, flüsterte er ihr noch ins Ohr, dass er nicht ruhen würde, ehe er ihre Schuld bewiesen hätte, doch darüber konnte sie sich nur amüsieren. Die Trümpfe lagen in ihrer Hand – Gott wusste das am besten.

Kapitel VII – vom Kuhdung, Kiffen und Lügen

Eisenia Fetida! Das Biologiestudium war lange her, aber daran konnte ich mich noch erinnern. Schon damals hatte ich mich vor ihm geekelt, sogar gefürchtet – dem Kompostwurm. Er war neun Zentimetern lang, unter perfekten Zuchtbedingungen auch gerne mal doppelt so groß. Sie waren Zwitter, befruchteten sich wechselseitig und alle sechzehn bis zwanzig Tage schlüpften neue Monster aus den Kokons. In manchen Böden beträgt die Wurmdichte bis zu zweitausend pro Quadratmeter, hier drinnen war es ähnlich schlimm. Zum Schlafen hatte ich mich eingerollt, den Kopf zur Wand gedreht, um das Gesicht wenigstens aus einer Richtung schützen zu können. Um den Luftaustausch zu gewährleisten, wurde immer wieder Sauerstoff eingeblasen, die Düsen waren in gleichmäßigen Abständen in der Silowand eingearbeitet. Eine hatte ich gefunden, neben ihr mein Quartier aufgeschlagen.
Die Jean hatte ich mittlerweile ausgezogen, so konnte ich die Hosenbeine über Sprossen und Gitterboden zu einer Schrägdachkonstruktion spannen. Mit Händen und Füßen hatte ich den Biomüll um mich herum zusammengeschoben, mir ein Iglu in den Müll gegraben. Der aufgeschüttete Kompostmüll, der mit organischem Material, Pferde- und Kuhdung versetzt war, brach immer wieder über mir zusammen. Dann musste ich schnell handeln, musste die Löcher so lange sie klein waren mit neuem Material aus dem Boden unter mir ausfüllen, bevor die Wände ihre Tragfähigkeit verloren. Aus Kraftmangel war meine Behausung, mein Überlebensfundament, um nicht an Gülle zu ersticken, sehr klein geraten. Der Durchmesser erlaubte es mir gerade, mit angezogenen Beinen zu ruhen, an

Schlaf war nicht zu denken, er würde den Tod bringen. Tageslicht hatte ich schon lange keines mehr gesehen, ich hörte nur die Silodecke, wie sie sich in unbeständigen Abständen öffnete. Immer neue Speise- und Landwirtschaftsabfälle wurden aufgeschüttet, drohten die Decke meines Hauses einstürzen zu lassen. Wenigstens war die Temperatur gestiegen, wahrscheinlich, um die Würmer am Leben, am Fressen zu halten – was sie taten. Sie kamen.

Priester Rangl wollte beim Verlassen der Sakristei seinen Augen nicht trauen. Die Menschenmasse, die sich zur Eucharistiefeier eingefunden hatte, sprengte beinahe die Möglichkeiten der Hauptpfarrkirche, sogar die Galerie war zum Bersten gefüllt. Aber nicht nur die pure Quantität der Messbesucher hatte sich geändert, auch die Stimmung, die in die Kirche getragen wurde, war eine andere geworden.
Sein Engagement im „Fall Altgsell" hatte die Barriere, die seit seiner Ankunft zwischen ihm und den „Stradnern" bestanden hatte, gelockert – wenn nicht sogar zum Einsturz gebracht. Von Bürgermeister und Gemeinderat, der höchsten Verwaltungskraft und eigentlichen Lenkerin der Stadt, bis hin zur Volksschuldirektorin und Pfarrkindergärtnerin, sie alle hatten ihm bis vor Kurzem keine Chance gegeben, hatten ihn im besten Falle toleriert. Bis zu einem gewissen Grad hatte er auch Verständnis für die mehrheitliche Haltung der Gemeinde aufbringen können. Sein Vorgänger galt als überragender Redner, als Charismatiker und liebevoller Seelsorger – Eigenschaften, die einen guten Priester auszeichneten und die er nicht gerade im Übermaß mitbrachte. *Merda!*
Nicht jeder Mensch war ein Übermensch und schon gar nicht ein zynischer Prälat, dessen größte Leistung bislang darin be-

standen hatte, ein Wirtschaftsverbrechen aufzuklären, von dem man einerseits nur im Vatikan wusste, und das ihm andererseits eine Versetzung eingebracht hatte, die jeden überzeugten Großstädter aus der Bahn geworfen hätten. Doch der große Manitu, so bezeichnete er seinen höchsten Chef gerne, hatte ihm mit Straden eine Chance, eine Bewährungsprobe, zukommen lassen. Irgendwo zwischen den Ermittlungen im Fall „Rionale", korrupten Kardinälen und weltliche Begierden stillenden Festen war sein Glaube auf der Strecke geblieben. Nur hatte er das zu spät bemerkt. Lange war er davon ausgegangen, dass der Ermittlungsverlauf, an dessen Ende die Versetzung nach Straden gestanden hatte, eine höhere Strafe sei. Ein Fingerzeig Gottes, dass im Diesseits nur die Falschen und Korrupten belohnt würden. Er war ein Blinder gewesen und, so schmerzlich die Einsicht war, erst Julis Verschwinden hatte ihm die Augen geöffnet. Erstmals sah er in den Bewohnern Stradens im Allgemeinen und den Messbesuchern im Speziellen nicht die ungebildeten Hinterwäldler, die niemanden akzeptierten, der nicht in der Region geboren war, sondern die ehrlichen, offenen Menschen, die sie waren, sobald man sich nur ein bisschen in die Gemeinschaft einbrachte.

Ungefähr drei Stunden vor Beginn der heiligen Messe hatte er das „DE MERIN", den Greißlerei- und Feinkostladen Stradens, aufgesucht, um sich mit Wollschweinpastete und anderen kulinarischen Köstlichkeiten einzudecken. An sich nichts Besonderes, doch hatte er diesmal mit seinem Privatgeld bezahlen wollen und nicht, wie bis dato praktiziert, mit Mitteln aus dem Kirchenrenovierungs-Fonds.

Während er sich gedanklich schon mit der Vorbereitung der Predigt befasste, hatte sich hinter seinem Rücken wieder einmal die kleine Lena aufgebaut. Doch im selben Ausmaß, wie ihn das neunjährige Mädchen mit ihrer Fragerei noch vor ei-

nem Monat in den Wahnsinn getrieben hatte, fing er an, für den aufgeweckten Geist Sympathie zu empfinden. Fragen wie „Kommen schwule Priester auch in den Himmel?" nervten ihn gar nicht mehr so. Warum schließlich sollte ein frühreifes, neunjähriges Mädchen auch nicht fragen, wenn es doch so offensichtlich an der Meinung eines Geistlichen interessiert war! Er lächelte sie also an und erklärte ihr, dass Gott alle Menschen, unabhängig von ihrer sexuellen Orientierung, lieben würde, solange sie ihre Mitmenschen nur gut behandeln würden. Der Dalai Lama hätte es wahrscheinlich nicht besser formulieren können, der Papst wäre schon bei der Frage in Ohnmacht gefallen und er, Priester Rangl, bekam von der Kassiererin, die sich als Lenas Mutter herausstellte, fünfzig Prozent Rabatt.
Nach diesem göttlichen Ereignis hatte er sich seiner Predigt zugewandt, hatte nicht einfach improvisiert und mit verklausulierten Floskeln versucht, die Meute ruhigzustellen, sondern hatte erstmals wirklich gearbeitet. Zwei Stunden später war er neben dem Altar gestanden und hatte das erste Mal seit Abschluss des Priesterseminars keine Abscheu empfunden oder Groll gegen die Kirchenbesucher gehegt. Nach ein paar Minuten empfand er sogar ein freudeähnliches Gefühl. Er hatte an die Verantwortung jedes Einzelnen appelliert, hatte den ständigen Kampf gegen das Wegsehen und Ignorieren von Offensichtlichem als wesentlichsten Beitrag zu einer funktionierenden Gemeinschaft hervorgehoben und dabei den langen Arm göttlicher Gerechtigkeit gepriesen.
Nun, gut eine Stunde später, stand er in der Sakristei und hatte die Priesterrobe gegen Jeans und Hilfiger-Pullover getauscht. Ein guter Bekannter, man könnte ihn fast schon als Freund bezeichnen, würde ihn besuchen. Als er ins Freie trat, hätte er Herrn und Frau Bodner, zwei alte, aber kritische Zeitgenossen, beinahe übersehen.

„Sehr schöner Gottesdienst Herr Prälat, nuar weita so!"
„Dankeschön, ich werde mich bemühen", entgegnete er.
Das unerwartete Kompliment hatte ihn aus dem Konzept gebracht, zumal es Frau Bodner gewesen war, die noch vor einigen Wochen, er glaubte dabei nicht an Zufall, versucht hatte, ihm beim Austeilen der Kommunion in den Finger zu beißen.
„Sichalich Herr Pforra, sichalich! Und loss'n S' Ihnan nix dreinreden, die Recknal überführn S' schon no!"
Der Priester wollte schnell erwidern, dass er doch kein Polizist sei und nicht die Aufgaben des geschlossenen Gendarmeriepostens übernehmen könne, doch da hatte das seltsame Pärchen schon den Heimweg eingeschlagen. Während er über die Aussage der alten Dame, ihren Mann hatte er und angeblich auch sonst niemand aus Straden jemals sprechen hören, sinnierte, war sein Freund – der Obmann, wie er von vielen ob seiner zahlreichen Funktionärstätigkeiten genannt wurde – eingetroffen.
Der Obmann, der Priester nannte ihn selber so, war bereits Pensionist und hätte mit seiner Beamtenrente ein beschauliches Leben im Wohlstand, schließlich war er Direktor gewesen, führen können. Stattdessen stand er vom Wanderclub bis zum Pfeifenverein jeder ehrenamtlichen Freizeitorganisation vor, die bereit war, ihm einen Posten in Vorstand oder Beirat anzubieten. Mit der Zeit hatte er sich auf diese Weise zu einem der wichtigsten regionalen Funktionäre entwickelt und stand als solcher im lokalen Scheinwerferlicht. Eine feine Sache – zumindest solange man abends keine fünf Joints brauchte, um Ruhe zu finden. Letzteres war auch der Grund für die regelmäßigen Besuche des Obmanns, der hatte bislang als Einziger den gut getarnten Cannabisgarten des Prälaten entdeckt und sich auf diese Weise zum Teilhaber der priesterlichen Agrarwirtschaft gemacht. Monsignore Rangl war damit

zwar nicht gerade glücklich, aber am Ende des Tages war aus dem Erpresser ein guter Bekannter geworden, der ihn auch im „Photojagd & Wildlife Verein Straden" untergebracht hatte. Während sie im Pfarrhof standen und über Wildschweine debattierten, erzählte der Obmann von Frau Recknals überraschendem Besuch.

„Und du hast ihr die Aufzeichnungen einfach so gegeben?", fragte Prälat Rangl schockiert.

„Na klar! Sie ist ein honoriges Vereinsmitglied und warum sollte ich es ablehnen, wenn sie Arbeit und Kosten übernimmt? Die hat's doch!"

„Weil sie wahrscheinlich Entführerin und Mörderin von Frau Altgsell ist!"

„Geh bitte! Nur weil du mit deinem Verdacht halb Straden infiziert hast, heißt das noch lange nichts!"

„Ach ja?"

„Ja! Du steigerst dich da in etwas hinein. Vielleicht, weil dir langweilig ist, vielleicht, weil du die Altgsell lieber hattest, als du solltest, vielleicht, weil du hoffst, damit wieder nach Rom zurückzukommen!"

„In den Vatikan, wenn schon! Aber wenn du schon so genau über mich Bescheid weißt, verrate mir doch, wo die Kameras standen!"

„Na am Rosenberg, beim alten Jägerparkplatz. Und jetzt stress dich nicht weiter. Trink ein Glas und rauche Gras – das wird dich entspannen und die Sache vergessen lassen."

Pfarrer Rangl war fassungslos. Waren dem Lehrer im Ruhestand die letzten Gehirnzellen abhandengekommen oder steckte er mit ihr unter einer Decke? Wenn ja, warum und wie tief? Wenn Frau Recknal im Besitz der Originalaufzeichnungen war und es keine Kopien gab, konnte man davon ausgehen, dass sie die Bänder bereits gelöscht hatte. Falls nicht, würde es auch nichts nützen, da die Polizei kein weiteres Mal auf ihn hören würde – zu groß war der Einfluss der Unternehmerin. Der Prälat wusste, dass es nur ein Mittel gegen dieses Übel gab – Grappa!

Jeden dritten Monat, in der Regel an Sonntagen, besuchte Frau Recknal samt Familie das SOS-Kinderdorf Stübing. Weder Martin noch die Zwillinge waren von diesen Ausflügen begeistert, doch sie sah das Spenden von Kleidung und Spielzeug als logischen, christlichen Akt der Nächstenliebe an. Zudem sollte es ihren Kindern, eigentlich auch Martin, doch bei ihm schienen dahingehend Hopfen und Malz verloren zu sein, ein Gefühl dafür geben, wie man seine gesellschaftliche Verantwortung leben sollte. Wer kein Herz für Kinder hatte, war in ihren Augen nicht nur ein schlechter Mensch, er sollte in einer christlichen Weltordnung überhaupt keinen Platz haben – Gott wusste das am besten. Positive Zugabe der ganzen Aktion war neben der erzieherischen Prägung auch die Dankbarkeit, die sich nach zwei, drei Stunden Aufenthalt im Kinderdorf bei Maximilian und Alexander einstellte. Was man von Martin leider nicht behaupten konnte.
Anfangs hatte er, wie nicht anders zu erwarten, sich ihr gegenüber wieder geöffnet. Julianas Verlust, den sie ihm gegenüber stets zu bedauern versuchte, hatte ihn zurück in ihre verständnisvollen Arme getrieben – sie waren nach langer Zeit sogar wieder intim geworden. Er war ein Kind im Körper eines Mannes und wie jedes Kind wollte er Aufmerksamkeit und Zuwendung. Bekam er beides, wurden auch ihre Bedürfnisse gestillt, und so war in den vergangenen Tagen und Wochen ihre Familie langsam wieder ein Stück zusammengewachsen – bis die Betriebsdurchsuchung kam.

Seitdem benahm sich Martin zusehends merkwürdig. Als sie ihn am Morgen mit einem uneigennützigen, oralischen Geschenk überraschen wollte, hatte er sich weggedreht. Auch ohne zu wissen, dass sie sich mit eindimensionalen Unterwürfigkeitsgesten so und so schwer tat, wäre das eine Zumutung für jede Ehefrau gewesen. Noch schlimmer aber war, dass sich sein Blick, die Art und Weise, wie er sie ansah, verändert hatte. Während sie am Computer saß und die Aufzeichnungen der Wildkamera studierte, scrollte sie über die Rolex-Webseite. Auch wenn Konto und Steuerberater protestieren würden – eine neue Rolex an Martins Handgelenk würde ihn hoffentlich zur Vernunft bringen.

Dank des neuwertigen Videoschnittprogramms, das im Zuge einer Imagefilmproduktion anlässlich der Markteinführung von „Komposthumus" angeschafft worden war, kam sie mit der Sichtung des Videomaterials gut voran. Die Software hatte Formen mancher Objekte und Subjekte wie Autos oder Menschen hinterlegt, womit Suchkriterien definierbar waren und nicht das gesamte Datenmaterial gesichtet werden musste. Da die Positionen der Kameras nur eine teilweise Sicht auf den Parkplatz ermöglicht hatten, funktionierte die verschlagwortete Suche ebenfalls nur teilweise, sodass sie nun seit zwei Stunden mit der Szenensuche beschäftigt war.

Martin war mit den Kindern nach Hause gefahren und würde sie später im Büro abholen, wenigstens so lange er nicht vorm Fernseher einschlief. Neben dem wahrscheinlich belastenden Videomaterial war sie auch wegen des Abnahmevertrags mit dem Winzerunternehmen Altgsell besorgt. Die georderte Menge an Komposthumus würde ausreichen, um das Unternehmen für die nächsten vier Monate liquide zu halten. Sollte Herr Altgsell aber von seiner Meinung, dass sie oder Martin mit dem Verschwinden seiner Frau etwas zu tun hatten, nicht abrücken, bestünde die ernsthafte Gefahr eines Auftragsstornos. Hinzu kam, dass sie den Zersetzungsprozess von organischem Material durch Kompostwürmer und Pillentotgräber bislang nur an toten Feldhasen, nicht aber an Menschen getestet hatte. Als Inhaberin und Geschäftsführerin von „Recknal's gARTen" war sie ihren Kunden zu höchster Qualität verpflichtet. Wenn zu viele Verwesungsstoffe am Knochengerüst nicht abgebaut würden, wäre der beworbene Erfolg von „Komposthumus" ebenfalls gefährdet – eine Vorstellung, die sie schnell zu verdrängen versuchte.

Die Wildkameras hatten in der Tat aufgezeichnet, wie sie trotz Perücke einwandfrei erkennbar den BMW mittels Lunte und Benzinkanister hatte ausbrennen lassen. Wie befürchtet ließ sich der Datenteil aber nicht löschen, ohne eine leere Stelle im Timecode zu hinterlassen, ein Risiko, das sie für den Fall der Fälle nicht eingehen wollte. Die Wildschweine würden auf ihre Schutzzone wohl noch ein weiteres Jahr warten müssen.

„Wollen Sie die Datei wirklich löschen?" – die Warnmeldung des Programms blitzte noch einmal auf.

„Woran arbeitest du?"

Sie war so vertieft in den Bildschirm gewesen, dass sie ihren Mann, der plötzlich neben ihr stand und auf den Bildschirm schielte, beim Betreten des Büros gar nicht registriert hatte.

„Nichts Wesentliches, habe mich nur mit Videoaufnahmen des Photojagd Vereins beschäftigt!", entgegnete sie, während sie die Löschmeldung bestätigte und schnell wieder das Kalkulationsprogramm aufrief.

„Ist ja auch egal. Pack' deine Sachen, damit wir fahr'n können. Ich will die Abfahrt nicht verpassen!"

„Glaubst, wird dieser Maier wieder gewinnen?", sie versuchte mit Smalltalk vom Video abzulenken.

„Der Hermann is schon vor Jahrn zurückgetreten. Bitte mach jetzt nicht auf Ski-Experten, das halt i gar nicht aus!"
Auf der Heimfahrt war es bereits dunkel und die Kirchen Stradens waren der liturgischen Farbenlehre entsprechend mit weißem Licht bestrahlt. Weithin war die Marktgemeinde in dieser klaren Winternacht zu sehen, sie gab nicht nur sich selbst, sondern der ganzen Region etwas Stilvolles, etwas Würdiges. Martin hatte bis dato kein weiteres Wort mit ihr gesprochen, wahrscheinlich war er geistig schon beim Skirennen. Wo auch sonst, ab Freitagmittag gab es keine Arbeit mehr, ganz egal, wie unverrichtet sie blieb. Wenn es um das Vermeiden von Arbeit ging, war er konsequent, ganz egal, wie sehr sie oder andere darunter leiden mussten.
„Hast du die Sache mit Herrn Altgsell klären können?", fragte sie ihn.
„Du weißt, dass ich sonntags nicht übers Geschäft sprech', oder?"
„Wirst du aber müssen! Verlieren wir ihn als Abnehmer, haben wir nämlich außer Freizeit nur noch Freizeit, dann sind wir insolvent!"
Die Ignoranz, mit der ihr Mann sich weigerte, über betriebliche Inhalte zu sprechen, brachte sie auf die Palme. Manchmal war sie sich nicht sicher, ob er die Wichtigkeit gewisser Dinge nicht verstehen wollte oder, was viel dramatischer wäre, es einfach nicht verstand. Ihr Vater hatte ihn von Anfang an als vordergründigen Wichtigtuer, der nur auf ihren Status und ihr Geld aus war, abgetan. Womöglich auch ein Grund, warum sie so bedingungslos an ihn glaubte. Gewisse Formen des Protests hielten ein Leben lang an, ganz gleich, wie stumpfsinnig sie waren.
„Is ja gut, krieg dich wieder ein! Ja, ich hab mit ihm gesprochen, aber dass unsere Anlage von der Kiberei durchsucht worden

is', hat seinen Verdacht nicht gerade entkräftet!", warf Herr Recknal gereizt ein.
„Der Idiot, wo leben wir denn? Im Rechtsstaat ist man so lange unschuldig, bis das Gegenteil bewiesen ist – und außerdem soll er froh sein, dass er sie los ist!"
„Wie meinst'n das?", fragte Herr Recknal, der hellhörig geworden war.
„Du weißt genau, wie ich das meine! Seitdem sie tot ist, läuft es bei uns doch wieder. Glaube mir, ohne sie ist jeder von uns besser dran, auch Xaver Altgsell!"
Lange sagte er nichts und sie wusste, dass dies kein gutes Zeichen war. Blanken Hass gegenüber einer Person, einer Ehebrecherin, einfach so zu überspielen, war alles, nur nicht einfach. Martin hatte vielleicht eine kurze Affäre mit dieser habsüchtigen Unperson gehabt, aber Gefühle waren den Lebenden vorbehalten.
„Hätte die Polizei denn etwas gefunden?"
„Bitte?"
„Jetzt weißt du aber genau, was ich meine!", Herr Recknal blickte sie durchdringend an.
Lächerlich, erwartete er wirklich ein Geständnis von ihr? Sie hatte schon damit gerechnet, dass sie diese oder eine ähnliche Frage einmal gestellt bekommen würde. Irgendwann, nur nicht jetzt! Ihre Beziehung war noch nicht bereit für die Wahrheit, Martin war noch nicht bereit, vielleicht wäre er es nie. So tat sie, was sie am besten konnte, sie manipulierte ihn.
„Gott weiß, dass ich die Schlampe nicht mochte. Aber Mord? Glaubst du wirklich, dass ich jemanden töten könnte? Dass ich das Risiko, Maximilian und Alexander mein Leben lang nur noch durch Gitterstäbe sehen zu können, eingehen würde? Du kannst mich für naiv halten, wenn ich glaube, dass unsere Ehe wieder zu dem werden könnte, was sie vor fünfzehn

Jahren war! Aber unterstelle mir keinen Mord, dafür bin ich zu intelligent. Und das weißt du!"
Herr Recknal saß ruhig am Steuer des Wagens. Die Worte seiner Frau hatten ihn beeindruckt. Ihre Intelligenz und ihr Wille zur Ehe waren unbestritten. Warum aber sprach sie immer von Mord, immer in der Vergangenheit – Zufall oder traurige Gewissheit?

Kapitel VIII – von Deals, Käfern und Kirchen

Der verdammte Mistwurm bestand aus hundertfünf Segmenten. Möglicherweise mehr, wenn es sich um eine Hybridspezies aus Tau- und Kompostwurm handeln sollte. Jedes einzelne Segment war dazu gemacht, um Leben zu seinem Ursprung zurückzuführen, es diente nur einer Bestimmung, es sollte so viel organisches Material wie nur möglich verdauen. Würmer leben, um zu fressen. Dafür hat ihnen Mutter Natur fünf Herzen geschenkt. Der Stinkwurm braucht keinen Schlaf, er ist unentwegt in Bewegung, um sein Opfer zu lokalisieren. Mutter Naturs effizienteste Verwertungsmaschine besitzt keine Augen, dafür Fotorezeptoren. Mit ihnen kann er auch im Erdreich Lichtunterschiede wahrnehmen, erkennt, ob es sich um die Überreste eines gefällten Baums oder ein verendetes Tier handelt. Für den Fall, dass man trotzdem unentdeckt blieb, war er zusätzlich mit Druckrezeptoren ausgestattet. Jede Erschütterung, jede kleinste Bewegung ihrer potenziellen Nahrungsquelle nahmen sie auf diese Weise wahr. Größe, Vitalfunktionen, Verteidigungsfähigkeit – sämtliche Informationen liefen so zusammen und wurden sekundenschnell ausgewertet. Würmer bauen keine Raumstationen oder Atombomben, fahren keine schicken Autos – dafür teilen sie und führen untereinander keine Kriege, sie würden die Erde noch bevölkern, wenn die Menschheit längst ausgestorben war. Weil sie lebten, um zu fressen.

Anfangs hatten sie sich noch auf Küchenabfälle, halb verdorbene Gemüsereste, gestürzt und waren nur in kleiner Zahl in meinen Bau eingedrungen. Kurzzeitig hatte ich sie sogar als Gefährten und Nahrungsquelle angesehen. Der Boden absorbierte das bisschen Urin, das mein Körper noch ausschied, wie ein Schwamm. Der Versuch, es mit den Händen aufzufangen, um nochmals Flüssigkeit aufzunehmen, war gescheitert, mir fehlte die Kraft dazu. Ich hatte versucht, meine Finger zu einer doppelwandigen Schale zusammenzupressen, doch das wertvolle Nass sickerte immer wieder zwischen ihnen hindurch. Verdammt, das Einzige, was ich machen konnte, war den Resturin aus der Hand zu lecken. Urin zu trinken, ist unnatürlich, der Körper hat ihn schon einmal ausgeschieden, er will ihn nicht noch einmal in seinem Kreislauf wissen – deswegen erfordert die Urinaufnahme Überwindung und Disziplin. Berührt man Urin mit der Zungenspitze, kommt es zu einem spontanen Würgereiz, jedes Mal wieder. Versucht man ihn jedoch mit dem mittleren Zungenbereich aufzunehmen, so schmeckt es weniger säuerlich, wie abgelaufene Milch – nicht schlimm. Wäre ich Veganer oder besser noch Freeganer, ich hätte Nahrung im Überfluss vorgefunden. Als Vegetarier aber stellte das Essen von pferdekotversetzten Gemüseabfällen eine große Überwindung dar. Erst vor ein paar Tagen hatte ich angefangen, die eindringenden Würmer als Proteinmahlzeiten zu sehen, und mich überwunden, dann und wann einen zu essen. Da die Wurmzüchtungen bis zu dreißig Zentimeter lang waren, musst ich sie zerteilen, sie auseinanderreißen. Irgendwann biss ich nur noch von ihnen ab, stückelte sie portionsgerecht – Überlebensinstinkt nennt man das wohl. Manche Tiere hatte ich nur ungenügend abgebissen, ein zehn Zentimeter langes Endstück zum Beispiel. Dann konnten sich die Tiere noch wegschlängeln. War auch nicht schlimm, ab der Mitte bildeten sich die Körpersegmente nach, sie würden als voll regeneriertes Nahrungsmittel wieder zurückkommen. Meine Hauptsorge aber galt der Nacht. Nicht wegen der Dunkelheit, so gesehen hatte ich schon ewig keinen Tag mehr erlebt. Für mich war die Nacht die Zeit, in der ich schlief oder so schwach, so entkräftet war, dass ich bewegungslos vor mich hin vegetierte. Diese Stunden, in denen mein Körper nicht aktiv zu gebrauchen war, wurden mehr. Brach in dieser Zeit ein Stück der Deckenkonstruktion über mir zusammen, konnte ich nicht aufstehen, um sie behelfsmäßig auszubessern. So begrub mich die hereinbrechende Nacht – Stück für Stück, jedes Mal aufs Neue – und war damit Wegbereiter für die Würmer. Vielleicht hätte ich sie nicht verspeisen sollen, womöglich war es ihre Form der Rache, wahrscheinlich aber nur ihre verdammte Aufgabe. Sie fraßen. Einfach alles. Mich! Würmer haben keine Zähne, wenn sie fressen, blähen sie ihr Vorderende auf, ihr Mund ist dann von einer Saugscheibe umgeben, welche sie an ihr Opfer pressen. Danach saugt sich die Bestie mit ihrem muskulösen Rachen so fest, dass sie nur mehr mit viel Kraft oder durch große Hitze, wie ein verdammter Blutegel, von ihrer Beute abzubringen ist. Beides hatte ich nicht zur Hand. Wenn der Wurm erst einmal an einem hängt, sondert er Sekrete ab. So betäubt er sein Opfer einerseits und zersetzt die fleischlichen Reste andererseits, sukzessive, Stück für Stück.

Als ich an jenem Morgen aufwachte, war es dunkler als sonst, mein Körper fühlte sich nicht so schlaff wie gewöhnlich an, er fühlte sich tot an, als wäre er gar nicht da. Etwas streichelte mich an meiner Wange, meinem Hals, es war sanft, irgendwie angenehm. Dafür schmerzte mein linkes Auge höllisch, es brannte, als hätte ich mir eine Entzündung eingefangen, als würde meine Netzhaut jeden Moment aufgelöst. Mit großer Mühe öffnete ich es, sah nur einen schlängelnden Schatten – blickte in das Auge des Wurms. Panik! Die Bestie fraß sich in mein Auge. Meine Hände waren schwer, wollten sich nicht anheben lassen, trotzdem bekam ich die rechte hoch, riss verzweifelt am Wurm. Ich hielt ein gut zehn Zentimeter langes, zerquetschtes Stück Wurm in der Hand, doch der Schmerz hielt an. Immer noch versuchte er sich weiter in mein Auge vorzuarbeiten, ich hatte nur das hintere Ende des Wurmes abgetrennt. Nochmals hob ich den Arm, griff nach dem Raubtier, erwischte es direkt hinter dem Kopfsegment und trennte den restlichen Körper ab. Er zuckte weiter, erst nach einigen Minuten konnte ich das letzte Stück aus dem Auge ziehen. Der Wurm war weg, nichts brannte mehr. Erschöpft ließ ich den Arm sinken, musterte mein Iglu. In der linken Raumhälfte schienen überall kleine Löcher zu sein, während der rechte Teil verschont geblieben war. Ich drehte den Kopf weiter nach rechts, erblickte mit dem linken Auge weitere Wurmlöcher in der Wand. Was war geschehen? Sinnestäuschung? Ein verdammter Traum? Mit der rechten Hand tastete ich das verwundete Auge ab. Kein Schmerz, alles gut – keine Auge, nur die Augenhöhle, nur ein Loch. Dunkelheit. Ohnmacht.

Der Necrophorus Scarabaeus, eine eigens für die industrielle Kompostierung gezüchtete Käfergattung, war das letzte Mosaiksteinchen, um die höchstmögliche Verarbeitungsqualität des Komposthumus sicherzustellen. Die Kreuzung aus „Heiligem Pillendreher" und „Totengräber Käfer" war einerseits für Größe und Robustheit, andererseits für die Zersetzung von harten organischen Materialien, wie Knochengewebe, gezüchtet worden. Frau Recknal beobachtete gespannt, wie die letzte Käfertranche über das hydraulische Saug- und Pumpsystem in den Tank transportiert wurde. Die Forschungsreihe, auf deren Basis die Entwicklung von Komposthumus basierte, war zwar noch ohne die Hybridkäfer ausgekommen, doch waren ihr auch andere Mengen und Beschaffenheiten des organischen

Materials zugrunde gelegen. Der Hybridkäfer unterschied sich von seinen genetischen Ahnen aber auch noch in einem weiteren Punkt, seine Larven ernährten sich nicht von Kotkugeln wie gewöhnliche Pillendreher, sondern direkt vom Knochen, in den das Weibchen zuvor ein Loch für ihre Jungen gefressen hatte. Frau Recknal zeichnete die Lieferung persönlich ab und beobachtete, wie sich das Silodach ein letztes Mal schloss. Von nun an würden Würmer und Käfer Tonnen von Biomüll fressen, zersetzen und über ihre Ausscheidungen zu nährstoffreichem Komposthumus verarbeiten. Die Natur war ein Wunder – Gott wusste das am besten.

Bevor sie das Betriebsgelände verließ, überprüfte sie noch die Zusammensetzung des Luftgemischs und den Druck im Kompostsilo, bemerkte dabei aber nicht, wie sie aus der Ferne von ihrem Mann gemustert wurde. Nach einem letzten prüfenden Blick auf den Bildschirm verließ sie schließlich die technische Zentrale und stieg ins Auto. In den letzten Tagen hatte sie dutzende Male versucht, Herrn Altgsell zu erreichen, doch dieser hatte weder auf Anrufe noch E-Mails reagiert. Sein Weingut war für „Recknal's gARTen" vorläufig größter Abnehmer von Komposthumus, sie konnte es sich nicht leisten, diesen Auftrag zu verlieren, zumal von seiner Düngung auch eine gewisse Signalwirkung an die anderen Weinbauern ausgehen würde. Martin hatte sicherlich sein Bestes getan, doch wenn der Ortspatron über die Affäre seiner Frau Bescheid wusste, oder schlimmer noch, ihn mit ihrem Verschwinden in Verbindung brächte, wäre alles in Gefahr. Wieder einmal musste sie sich persönlich der Sache annehmen.

Auf dem Weg zum Weingut, dessen leicht abfallende Rebstockreihen die Hügelkette zwischen Straden und Gnas zierten, wäre sie beinahe mit einem Fahrzeug kollidiert. Die Fahrerin, eine Ungarin, wirkte zu ihrer Überraschung nicht betrunken,

was auf Zufahrtswegen zu Weingütern eher Zufall als Norm war. Sie war sofort ausgestiegen und hatte sich unaufhörlich entschuldigt, obwohl es zu keinerlei Schaden gekommen war. Höflich, wenn auch etwas übertrieben, dachte Frau Recknal, als die zierliche Ungarin davonfuhr. Ihre markant schnörkellosen Gesichtszüge kamen ihr bekannt vor, doch so sehr sie auch grübelte, sie wusste nicht, woher sie die Person kannte. Hübsches Ding, diese Ungarin, wahrscheinlich nicht allzu intelligent – spontane Unzufriedenheit überkam sie, als sie an die makellose Figur der Frau dachte. Menschen waren nämlich grundsätzlich in zwei Gruppen geteilt. In der einen befanden sich die klugen, witzigen und guten Menschen. Die zweite Gruppe war für schöne, oberflächliche und mäßig intelligente Menschen reserviert. Der Blick in den Rückspiegel machte klar, dass sie ein Gruppe-1-Mensch war, daran würde sich nichts mehr ändern, als Erdenbürger konnte man eben nicht alles haben – Gott wusste das am besten.
Der geschotterte Parkplatz war serpentinenförmig in den Weinberg gebaut worden und gab den Blick über das Gleichenberger Tal nach St. Anna frei. Die Lage war eigentlich zu schön für einen Parkplatz, irgendwann würden hier wohl Luxusappartements entstehen, aber bis dahin hatten die Stellplätze Freiluftkinocharakter, Sonnenaufgänge inklusive. Als sie den Verkaufs- und Ausstellungsraum betrat, kam auch schon die erste Angestellte auf sie zu und fragte, ob und wie sie ihr helfen könne. Das Mädchen war so bemüht, die Weine anzupreisen, dass sie fast enttäuscht war, als Frau Recknal nur nach der Anwesenheit ihres Chefs fragte. Während ihr die Verkäuferin den Weg in den Weinkeller wies, fragte sie sich insgeheim, ob Martin in seinen Verkaufsgesprächen ähnlich enthusiastisch agierte – zumindest seine Zahlen sprachen gegen diese These. Als sie den Weinkeller betrat, der Ankün-

digung ihrer Person war sie durch eine schnelle Begrüßung zuvorgekommen, war der mächtige Winzer sichtlich irritiert. Es dauerte ein paar Sekunden, bevor er sich gefangen hatte und zur Begrüßung ansetzte:
„Frau Diplomingenieur, welch unerwartete Überraschung!"
„Unverhofft kommt oft, sagt man. Ich war nur in der Gegend und da ich dich in den letzten Tagen nicht erreicht habe, wollte ich die Gelegenheit nicht ungenützt lassen!"
„Na, das hättest du ja geschafft! Wenn du aber wegen dem Vertrag hier bist, was ich annehme, dann bist umsonst gekommen. Er ist geplatzt!"
Sie war geschockt, auch wenn ein Teil von ihr damit gerechnet hatte, so war die Hoffnung, sich nur einer bösen Vorahnung hingegeben zu haben, doch immer im Vordergrund gestanden. Natürlich könnte sie mit einer Klage drohen, die Rücktrittsfrist war mit dem gestrigen Tag abgelaufen, auch ein Grund, warum sie erst heute den Weg auf sich genommen hatte. Nur, was hätte das gebracht? Im Ort gab es vier mittelständische Betriebe, eine Bank und den Bürgermeister – in Summe also sechs Personen, die dank diverser Verflechtungen nicht nur das lokale Rückgrat der Wirtschaft, sondern auch der Macht waren. Es war ein ungeschriebenes Gesetz, dass man sich gegenseitig nicht wehtat, sich nicht ans Bein pinkelte – und das wusste auch Xaver Altgsell.
„Wir sollten Privates außen vor lassen, Xaver! Wir sind Geschäftsleute und unseren Betrieben verpflichtet. Mein Humus wird deinen Ertrag um dreißig Prozent verbessern, da lüge ich dich nicht an, das weißt du!"
„Daran besteht kein Zweifel. Aber was ist mit meiner Frau?", der Winzer ließ sich nicht beirren.
„Was soll damit sein? Ich weiß, dass sie verschwunden ist – mehr auch nicht! Warum sollte ich auch?"

„Vielleicht, weil die Polizei bei dir war, wie man so hört ..."
„Na und?", Frau Recknal fuhr dazwischen, „sie waren doch sicherlich auch bei dir!"
„Das schon, nur wurde ich nie verdächtigt! Weder von der Polizei noch von einem Priester!"
„Gib doch nichts auf das Gerede eines frustrierten Geistlichen!"
„Du kannst mir also garantieren, dass Martin seine Finger von Juli gelassen hat? Kannst garantieren, dass ihr nichts mit ihrem Verschwinden zu tun habt?"
Der Winzer hatte die Frage sehr eindringlich gestellt und dabei heraushören lassen, dass er eindeutig Martin die Schuld gab. Typisch Mann, konnte nicht einmal die eigene Frau einschätzen. Dabei war doch Juliana das Dorffahrrad gewesen, Martin war nur ein weiteres ihrer Opfer geworden. Sie musste schnell wieder klare Gedanken fassen, welche Antwort wollte der Winzer hören? Jedes Eingeständnis hätte den Abnahmevertrag platzen lassen. Nein. Wenn der Winzer lieber mit der Illusion einer heilen Welt leben wollte, würde er eine solche auch bekommen.
„Wenn ich dem Glauben schenken würde, wäre Martin schon tot, dann hätte ich ihn persönlich umgebracht. Was ginge mich Juliana an? Es wäre Martin, an dem ich mich rächen würde!"
„Dann ist alles nur Schall und Rauch, keine Affäre, kein Verschwinden, nur blödes Ortsgerede?"
„Nein, eines ist wahr – deine Frau ist verschwunden! Was mir ehrlich", sie schaffte es, einen Funken von Mitgefühl zu simulieren, „leid tut. Ich hoffe wirklich, dass sich das aufklärt!"
„Und wenn sich das bei dir aufklärt ...", er starrte sie an, „... ich habe eine SMS bekommen, einen Hilferuf! Sie schreibt, sie sei bei RG. Eine Idee, wofür das steht?"
Schlagartig wurde ihr klar, warum die Betriebsdurchsuchung genehmigt worden war. Das Flittchen hatte noch eine SMS

absetzen können, bevor sie ihr Handy und Handtasche abgenommen hatte. Die gute Nachricht aber war, dass trotz aller Indizien bislang niemand etwas nachweisen konnte. Xaver wusste das, er wollte sie nur aus der Reserve locken, erwartete eine emotionale Reaktion ihrerseits. Er würde bekommen, wonach er verlangte.

„Recknal's gARTen zum Beispiel! Aber da hat die Polizei nichts gefunden, es könnte also auch für Richard Gitschthaler, den Jäger, stehen. Oder Rudolf Gärtner, den frisch geschiedenen Spediteur aus Gleichenberg", sie schrie ihn fast an. Für kurze Zeit herrschte betretenes Schweigen, ehe der Winzer in aller Gelassenheit antwortete:

„Ich will dreißig Prozent!"

Frau Recknal konnte nicht glauben, was sie eben gehört hatte. Sie hatte ihr Gegenüber im Glauben, dass es ihm nur um seine Frau ging, maßlos unterschätzt und fand sich nun in der Defensive wieder.

„Rabatt also? Das steht dahinter?! Du zwingst mich, mich für ein Kapitalverbrechen, das ich niemals begangen habe, zu rechtfertigen, und dabei geht es dir nur um Preisminderung?"

„Es geht darum, dass ich dein wichtigster Kunde bin. Wenn ich abspringe, wird das den Verdacht der Leute bestätigen. Dann werden immer mehr Kunden abspringen, weil niemand mit einer als Mörderin gebrandmarkten Unternehmerin zusammenarbeiten will. Nicht in Straden, nicht in der Region! Die Banken drehen den Kredithahn zu und du bist pleite. Deswegen will ich dreißig Prozent!"

„Du bekommst zehn! Weil du das Verschwinden deiner Frau ausnutzt, um mich unter Druck zu setzen, und ich die gesamte Produktion eher an deine Konkurrenten verschenken würde, als mich von dir erpressen zu lassen. Ich würde sogar das Patent unter der Auflage verschenken, dass dich niemand beliefern

dürfte. Du würdest die nächsten zehn Jahre so viel Geld an Winkler-Hermaden, Sabathi & Co verlieren, dass dich deine Enkelkinder noch für bescheuert halten werden!" Sie machte eine kurze Pause, um sich seine Reaktion zu vergegenwärtigen, und fuhr mit ruhiger Stimme fort:
„Aber jetzt, wo du weißt, wozu ich fähig bin, wirst du in der Öffentlichkeit für meine Integrität und meinen Humus positive Stimmung machen und dafür – nur dafür – bekommst du einmalige zehn Prozent!"
Sie war in jenem Augenblick so wütend, dass sie durchaus bereit gewesen wäre, die Vendetta auszurufen. Auch wenn Xaver Altgsell gerade bewiesen hatte, verhandlungstechnisch noch genauso skrupellos zu sein wie vor zwanzig Jahren – sie war Eva Recknal, niemand würde sie ungestraft erpressen – schon gar kein Winzer mit zweifelhaftem Frauengeschmack. Sie war aufgestanden, um auf ihn herabblicken zu können.
„Sind wir uns einig?", die Frage war nicht mal mehr rhetorischer Natur, sie war eine Feststellung.
Der Winzer nickte zufrieden und man schüttelte sich einvernehmlich die Hand. Frau Recknal hatte zwar zehn Prozent Marge verloren, aber die Erkenntnis gewonnen, dass der Winzer für geschäftlichen Vorteil über Leichen ging oder bereit war, solche in Kauf zu nehmen. Ein schlechter Christ – Gott wusste das am besten.

Die Destillerie Mazzetti aus dem italienischen Piemont gehörte zu den führenden Grappa-Herstellern Europas, der verwendete Trester war sortenrein und stammte von den besten Winzern im Piemont. Der Acquavite, die letzte Lieferung hatte die katholische Glaubensgemeinschaft immerhin knapp tausend Euro gekostet, war 27 lange Jahre im Eichenfass gelagert worden, ehe der Brandy im Laufe der letzten Wochen sukzessive seinem Magen zugeflossen war. Der Inhalt der letzten Flasche hatte seine vorletzte Ruhestätte überhaupt erst vor einigen Stunden gefunden – dementsprechend schwer war sein Kopf. Er hatte die letzten, sehr frustrierenden Tage damit zugebracht, sich im Ort umzuhören, ob Frau Recknal am Tage des Verschwindens von Juli von irgendjemandem beim Verlassen des Hauses gesehen worden war. Offiziell war sie an jenem Tag krank gewesen, bestätigen konnte das allerdings niemand. Klar, war ja auch jeder in der Kirche oder – sofern jugendlich – volltrunken im Bett. Diese Teenager, konnten einfach nicht mit Alkohol umgehen. Er nahm ein Aspirin gegen die Kopfschmerzen und zündete sich ein Gerät an.

Es war zum Verzweifeln, theoretisch hätte Frau Recknal eine Stunde lang Zeit gehabt, um ihr Haus zu verlassen, Juli zu ermorden, das Fahrzeug in den Wald zu fahren, in Brand zu setzen und ungesehen wieder zurückzukommen. Zuerst war er noch von einer Entführung ausgegangen, aber was hätte sie davon gehabt? Die Antwort war: Nichts! Absolut gar nichts! Eine Verschleppung bedeutete Aufwand, das Opfer musste gefangengehalten und ernährt werden. Noch wichtiger aber, eine Entführung ohne Lösegeld war schlichtweg sinnlos. Wie alkoholfreies Bier – pure Verschwendung wertvoller Ressourcen. Natürlich bestand immer noch die Möglichkeit, dass Juli ihren Tod inszeniert hatte, aber auch das ergab wenig Sinn. Sie war ein selbstsüchtiger, äußerst materiell denkender Mensch, sie müsste schon einen russischen Milliardär in petto gehabt haben, um auf potenzielle Scheidungsmillionen zu verzichten. Und sogar wenn, sie wäre nicht der Typ, der Straden klammheimlich verließe, wenn, dann laut, mit Pauken und Trompeten.

Er nahm einen tiefen Zug, nichts ging über die anregende Wirkung von Cannabis, wenn man es richtig einzusetzen verstand. Stellte sich nur noch die Frage, wo war die Leiche abgeblieben? Die Aufzeichnungen der Wildkameras hätten Frau Recknal wahrscheinlich überführt, zumindest ihre Mittäterschaft bewiesen, aber der arbeitsscheue Obmann hatte ihr ja mit Freuden die Festplatte übergeben. Wenn es also Beweise gegeben hatte, waren diese mit Sicherheit zerstört worden. *Merda!* Ohne Leiche würde er ihr gar nichts beweisen können und das, obwohl die bloße Anzahl an Indizien gereicht hätte – zumindest Film- oder Buchkommissare hätten den Fall schon gelöst. Er hingegen musste sich mit inkompetenten Polizeibeamten, nicht umsonst ein zusammengesetztes Hauptwort, herumschlagen. Eine Nummerntafel, die, wenn auch gelöschte, SMS, die Hunde, die vor dem Silo, der zufälligerweise nicht geöffnet werden durfte, bellten – wollte oder konnte niemand eins und eins zusammenzählen?

„Monsignore, Monsignore!“, Ferdinands Stimme überschlug sich förmlich vor Aufregung, als er sich im Laufschritt dem Pfarrhof näherte.

Noch vor nicht allzu langer Zeit hätte er dem tollpatschigen, meist übereifrigen Pfarrsekretär ein Missgeschick, eine kleine Panne ohne ernsthafte Verletzungen gewünscht. Irgendetwas im Stile einer Bananenschale, die ihn ausrutschen, mit der Nase voran über den Rasen schlittern und schließlich verdutzt vor seinen Schuhen zum Stillstand kommen lassen würde. Dann hätte er ihn als Joe, Josey oder Janis bezeichnet, eine sarkastische Bemerkung nachgelegt und wäre befriedigt von dannen geschritten. Mittlerweile aber mochte er den dicklichen Asthmatiker ganz gut leiden. Ja, er empfand sogar so etwas wie eine artverwandte Form der Sympathie für Ferdinand.

„Ist eine neue Schlankheitskur auf dem Markt oder warum strapazierst du die alte Pumpe so?“, fragte er den Messdiener, als dieser schwer atmend auf ihn zugestürmt kam.

Der Pfarrer grinste den Messdiener schelmisch an. Nur weil aus Antipathie eine zarte Form des Wohlwollens erwachsen war, musste man noch lange nicht auf kleine, den Tag erhellende Sticheleien verzichten. Gerade wollte er eine zweite, liebevolle Gehässigkeit nachschieben, als ihm der Pfarrsekretär, immer noch hustend und prustend, sein Handy reichte.
„Hat der Papst angerufen oder was?"
„Das weiß ich nicht, Exzellenz. Sollte er denn? Ich hab es nur läuten gehört und dachte, es wäre vielleicht wichtig!", entgegnete der Pfarrsekretär.
Es war wieder einer diesen Augenblicke, in denen er innerlich den Kopf schüttelte und sich einfach nur wunderte. Der Mann war wie vom Teufel besessen zu ihm gerannt. Hatte dabei seine Gesundheit riskiert und das alles nur, weil er einen Anruf in Abwesenheit hatte? Unfassbar. Der Grat zwischen professioneller Berufsausübung und bedingungsloser Selbstaufopferung war tatsächlich ein schmaler. Um Ferdl wenigstens nicht das Gefühl zu geben, dass sein an Wahnsinn grenzender Einsatz umsonst gewesen war, sah er sich die Anrufliste an. Diesmal allerdings war er es selbst, der erstaunt durchatmen musste. Der Anruf stammte von Herrn Recknal, dessen Handynummer seit jenem Abend, an dem er geholfen hatte, dessen Frau aus dem Acker zu ziehen, eingespeichert war. Der Mann hatte eine Nachricht auf der Mobilbox hinterlassen – er wollte sich mit ihm treffen.

Die Ohnmacht war mein Freund, wie eine Sicherung, immer, wenn das System zu schmelzen drohte, löste sie aus. Ein Auge war noch da, ich hielt es geschlossen, das Lid bildete so eine weitere, wenn auch kleine Barrikade. Mit einer Hand versuchte ich so gut wie möglich die Augenhöhle zu schützen.

Es war absurd, aber ich hatte keine Angst, das zweite Auge zu verlieren, es war nicht die drohende Erblindung, die mir Sorgen bereitete. Ich hatte seit Wochen kein Tageslicht mehr gesehen, Dunkelheit alleine brachte mich erwiesenermaßen nicht ins Grab. Würmer aber sind der Tod auf Raten. Sie sind unersättlich, nützen jede ungeschützte Körperöffnung, um einzudringen, um sich ins Innerste vorzufressen. Vor ihnen hatte ich Panik, sie waren zum Inbegriff der Angst geworden. Im Kompostiertank braucht man Augen nicht zum Sehen, man benötigte sie als Eintrittsbarriere. Augen sind nicht das verdammte Tor zur Seele. Sie sind die letzten Wächter des Schädels. Würden sie erst einmal zum Hirn vorgestoßen sein, hätte ich keine Überlebenschance.
Die Blusenreste, bis vor Kurzem noch Wassersack, hatte ich zu einem Verband, einem behelfsmäßigen Turban umfunktioniert und um Augen und Ohren gewickelt. Würmer gehen nämlich immer den einfachsten Weg, sie fressen am liebsten dort, wo sie ungestört sind, wo der Widerstand am geringsten ist. Die Beine hatte ich überschlagen, die verdammten Bestien sollten nicht über meine Vagina in mich eindringen und sich an meinen Eierstöcken laben können. Mit der anderen Hand versuchte ich so gut es ging den After zu schützen. Es war ein ungleicher Kampf. Immer mehr der gefräßigen Bestien kamen durch die Wände meines Iglus, dabei griffen sie erst an, wenn ich müde geworden war. In der Zwischenzeit fraßen sie an Füßen und Beinen, einem Körperbereich, den ich sowieso nicht schützen konnte und deswegen aufgegeben hatte. Um einen Wurmangriff zu überleben, muss man seinen Körper verstehen. Man muss bereit sein, Abstriche zu machen. Ohne Beine würde ich nicht mehr laufen, nicht mehr Rad oder Ski fahren können. Ohne Rumpf aber würde ich nicht überleben – eine einfache Entscheidung. Irgendwann verlor ich das Gefühl in

meinen Extremitäten. Zuerst links, dann rechts. Mein rechtes Bein war immer etwas länger als das linke gewesen, dementsprechend hielt sein Todeskampf auch länger an. Früher hatte ich es für seine Länge gehasst, diesmal bewunderte ich es für seine Widerstandskraft. Als Muskeln, Sehnen und Nervengewebe aufgelöst waren, zogen Gottes Verwertungsmaschinen ab. Kurzfristig. Nur an wenigen Stellen war noch etwas Muskel übrig, die meisten waren kahl. An den Stellen, wo mein Leben lang funktionierende, wenn auch teils verkürzte Beine gewesen waren, blieben nur wertlose Knochen – geschmückt durch Sehnenreste. Wie eine Schleife um die Geschenksverpackung! Was blieb, war ein verdammter Hundesnack, und dennoch – ein Hauch von Genugtuung. Sogar wenn ich den Rumpf nicht verteidigen könnte, meine Knochen würden die Biester nicht auflösen, nicht fressen können. Knochen währen ewig, sie siegen.

Die Sebastianikirche, ursprünglich als Teil der südseitigen Wehranlage durch die Sebastianibrüderschaft ab 1517 errichtet, war das liebste seiner Gotteshäuser. Wahrscheinlich hing dies mit der Tiefkirche „zur schmerzhaften Mutter Maria" zusammen, die ursprünglich als Karner, als Beinhaus genutzt worden war. In ihr hatten die Gebeine der Toten, nachdem der Friedhof seinerzeit zu wenig Platz geboten hatte, ihre wirklich letzte Ruhestätte gefunden – und Ruhe war es auch, die von diesem einzigartigen Ort ausging.
Immer wenn er durch das spätgotische Portal die Stiegen in die Tiefkirche hinabstieg, musste er unbewusst an seinen Vater denken. Nicht dass seine Kindheit von besonderer väterlicher Zuneigung geprägt gewesen wäre. Seine Eltern hatten sich schon in frühen Kindesjahren getrennt. Faktisch versteht

sich, nicht rechtlich! Für den überzeugten Katholiken wäre eine Scheidung undenkbar gewesen und so hatte der Theologieprofessor eine Stelle in Rom angenommen, während er mit seiner Mutter ein Armendasein im Wiener Gemeindebau gefristet hatte. *Merda!* Was für ein Arschloch. Er bekreuzigte sich schnell, der große Manitu würde Verständnis für sein Gefühlsleben haben. Und trotzdem, auch ein Rabenvater blieb immer noch Vater und war damit lebensgroße Abbildung der eigenen Wurzeln. Wer seinen Vater nicht kennt, kennt sich selbst nicht, und so war er, getrieben von der Suche nach Erkenntnis, nach Rom gegangen. Zu seiner Überraschung waren die ersten Treffen mit seinem Erzeuger durchwegs gut verlaufen. Natürlich nicht im Sinne einer harmonischen Neuauflage der Vater-Sohn-Beziehung, aber mit gegenseitigem Respekt und dem Willen, die Vergangenheit aufzuarbeiten. Doch aus heiterem Himmel, just als er mit dem Fall „Rionale" die schwierigste Zeit seines Lebens zu bestehen hatte, war es abermals sein Vater gewesen, der den Kontakt abgebrochen hatte. *Merda!* Warum? Die Frage quälte ihn. Und jedes Mal, wenn er das Gewölbe mit seinen gemalten Ornamenten und Kartuschen, die die Marienschmerzen zum Thema hatten, betrachtete, trat auch sein Schmerz zutage. Nun würde es manch einer masochistisch nennen, sich an einem Ort, der inneres Leid auslöst, wohlzufühlen, doch für ihn war es gerade der immer aufs Neue durchlebte Schmerz, der ihm die Essenz des Lebens vor Augen führte. Im Leid lag die reinste Form der Wahrheit, in der Wahrheit die Gnade Gottes, und war es nicht Jesus selbst gewesen, der das Leid von der Menschheit genommen und sie damit erlöst hatte? Deswegen mochte er den Raum, er gab ihm die Hoffnung auf Wahrheit. Die Wahrheit über seinen Vater, ihn selbst und nicht zuletzt über Juli – sie war hoffentlich der Grund, warum Martin Recknal um das Treffen ersucht hatte.

Als er die Stiegen hinabstieg, war Herr Recknal schon da. Er sah ihn nur von hinten, doch welche andere Person mittleren Alters und kräftiger Statur würde sich schon an einem Donnerstagnachmittag in die Tiefkirche begeben? Normale „Stradner“ wählten dafür die Pfarrkirche, wenn schon öffentlich, dann auch an einem Ort, an dem man gesehen werden konnte! Herr Recknal saß gewöhnlich sehr aufrecht, sehr einnehmend in der Kirche. Diesmal aber war seine Köperhaltung eingefallen, fast krumm. Wie ein Häuflein Elend saß er auf der Bank, die normalerweise für den Chor bestimmt war. Nach einer kurzen Begrüßung fragte er den Großgärtner, worum es denn gehen und wie er ihm helfen könne, zumal er nicht annahm, dass sich sein seltener Gast für eine klassische Beichte interessieren würde. Anfänglich blockte Herr Recknal noch ab, wendete seinen Blick bei direktem Augenkontakt beschämt ab, bevor er schließlich mit leiser Stimme eröffnete: „Schon klar, dass wir nicht die besten Freind sind. Ich weiß aber auch, dass wir beide Juli mehr mögen, als es vielleicht angebracht ist. Deswegen brauche ich auch Gewissheit!“
„Gewissheit? Worüber?“
„Ob meine Frau etwas damit zu tun hat!“
Herrn Recknals Stimme zitterte, es fiel ihm merklich schwer, das auszusprechen, was er ahnte, von dem er aber inständig hoffte, dass es nicht stimmen würde. Er verdächtigte seine Frau des Mordes. Prälat Rangl sprach kein Wort, er saß nur daneben, hörte zu und nickte zwischendurch. Am Ende überreichte ihm der Unternehmer einen Umschlag mit der Einladung zur offiziellen Einweihungsfeier der Kompostieranlage. „Mehr kann ich nicht tun, der Rest liegt bei Ihnen!“, damit stand er auf und verließ eilig die Kirche.
Priester Rangl blieb in Gedanken versunken auf der Bank sitzen. Herr Recknal verlangte sehr viel von ihm, doch er

schuldete es Juli, die Chance zu ergreifen. Er schuldete es dem Vertrauen, das die Gemeinde neuerdings in ihn setzte, und nicht zuletzt, schuldete er es sich selbst. Der Plan klang erfolgversprechend, barg aber das Risiko, einer gut inszenierten Fassade, einer Falle aufzusitzen. Was, wenn Herr und Frau Recknal doch gemeinsame Sache machten und er ihm nur den Schwarzen Peter zuschieben wollte?

Er musste nachdenken, brauchte eine höhere Eingebung, blickte nach oben – und zündete sich einen Dübel an. Gottes Gras würde hoffentlich Weisheit bringen.

Kapitel IX – von Larven und Festen

Ich hatte meinen Körper bisher nicht als Gesamtheit, als Einheit gesehen – eher als Anhäufung semiperfekter Einzelteile. Po, Brüste, Beine – ich war nicht unzufrieden mit ihnen, zufrieden aber auch nicht. Alles, jede Einheit musste einzeln trainiert, in Schuss gehalten werden. Stetig, mit zunehmendem Alter immer schneller, war der Druck größer geworden! Ein Wettbewerb um Wohlstand und Macht! Entweder war man schön genug, dann hatte man Macht über den Wohlstand der Männer, oder man war klug genug, dann hatte man die Macht, selber Wohlstand zu schaffen. Wurde man aber alt, war es schlagartig vorbei mit der Schönheit. Es gab kein bewundernswertes Detail mehr, das man selbst, geschweige denn Männer bewundert hätten. Alles beginnt mit zwei, drei Lachfalten, die man nicht weiter ernst nimmt. Doch der Prozess schreitet unbarmherzig voran und lässt am Ende des Tages nur überlange Hautlappen und erschlafftes Muskelgewebe zurück. Spätestens dann, meist schon davor, wurde man ersetzt, durch etwas Neues, durch etwas Schönes. Schönheit kommt nicht von innen, das glauben nur verdammte Hippies! Schönheit ist Ergebnis lebenslangen Verzichts, ist Lohn schmerzhafter Arbeit und Produkt gezielter Einzelteiloptimierung. Meine Nase war korrigiert, meine Brüste vergrößert, meine Haut gestrafft und an Po und Schenkel waren drei schmerzhafte Fettabsaugungen durchgeführt worden – allesamt Detailverbesserungen. Schönheit liegt nicht im Auge des Betrachters, sie liegt einzig und allein im Detail. Und davon würde nichts übrig bleiben. Dafür sorgten schon Gottes treue Aasfresser.

Die Würmer hatten ganz Arbeit geleistet. Sie wussten, dass

ich sie nicht alle zweiteilen und gleichzeitig den eigenen Kopf schützen konnte. Ein Teil der hungrigen Spezies lenkte mich ab, während die anderen versuchten, durch nicht verdeckte Öffnungen in meinen Körper zu gelangen. Ich hatte Angst! Wie groß würden die Schmerzen erst werden, wenn die Würmer in meinen Kopf gelangen würden?

Plötzlich ein höllischer Schmerz! Magenkrämpfe, als würde mein Blinddarm explodieren. Ich strich mir über den Bauch, ertastete mehrere Gegenstände, die sich wie kleine Holzklötze, wie Playmobil-Bausteine anfühlten. Zirka drei, maximal fünf Zentimeter waren sie groß. Und sie bewegten sich – unterhalb der Bauchdecke.

Die verdammten Würmer hatten meine Beine abgefressen, mit ihren Sekreten jegliches Gewebe aufgelöst, aber sie hatten mich dabei wenigstens betäubt. Sie waren human gewesen. Dieses Ding aber biss, zerrte und sägte sich durch meine Eingeweide wie eine Darmspiegelung mit Rasierklinge und Beißzange. In diesem Augenblick platzte ein Teil der Bauchdecke auf, sie hatte dem Druck nicht mehr standgehalten. Ein zwanzig Zentimeter langer Krater zog sich bis zum Schambein, ich fühlte, dass etwas auf dem Weg zur Oberfläche war. Kein Schlängeln, keine Würmer – es war ein Krabbeln.

Das Böse kennt viele Formen, die schlimmste aber ist der Käfer. Die Höllengeschöpfe mussten schon vor Wochen in mich eingedrungen sein. Unbemerkt! Während ich noch versucht hatte, die Würmer abzuwehren! Ihre Beißkraft war enorm, sie hatten Löcher in Beckenknochen und Schambein gefräst, um Platz für die Eiablage, ihre Brut zu schaffen. Ich versuchte, meine Beine, die Oberschenkelknochen, die noch übrig waren, zu ertasten. Dabei griff ich ins Leere, nichts war mehr da – keine Gebeine, nicht der Rest eines Knochenansatzes. Sie hatten nichts übrig gelassen.

Wie lange kann man leben? Wie viel kann man ertragen, um zu überleben? Vielleicht der falsche Ansatz, vielleicht ging es darum, eins zu werden. Arme und Hände waren nicht mehr schwer, sie schienen sich von selbst zu bewegen, wurden bewegt. Ein Käfer fraß sich durch mein Schulterblatt, während eine ganze Armada sich durch meine Rippen fräste. Man stirbt nicht als Einzelstück, man stirbt als Gesamtheit. Warum also auf Kleinigkeiten achten? Über die aufgeplatzte Bauchdecke traten nun Würmer und Käfer gleichermaßen ein, wie im Schlussverkauf, als gäbe es die Ware umsonst. Sie labten sich an mir, in mir, würden nichts übrig lassen. Ausverkauf – ein Festmahl für den Tod.

Fünf Jahre waren seit dem Tag, an dem sie erstmalig über die Möglichkeit kleinindustrieller Humusproduktion nachgedacht hatte, und der anstehenden Markteinführung von „Komposthumus" vergangen. Fünf Jahre, in denen sie geforscht, experimentiert und fast die gesamten Rücklagen des Unternehmens aufgebraucht hatte, um ein Produkt auf den Markt zu bringen, das die Bodendüngung nachhaltig verändern würde. Es waren fünf lange Jahre gewesen, in denen ihr das Schicksal nicht immer gut gesinnt war, die von privaten und beruflichen Prüfungen gleichermaßen geprägt waren. Ob Martins Affären oder profitgierige Bankiers, Gott belohnt diejenigen, die nicht aufgeben, sobald die Luft dünner wird. Gott belohnt jene, die Widerstände beseitigen.
Zur Betriebsbesichtigung anlässlich der Markteinführung war trotz diverser Gerüchte um ihre Rolle im „Fall Altgsell" alles erschienen, was Rang und Namen hatte. In den letzten Wochen hatte sich das Ortsgespräch zusehends normalisiert. Es hatte sich herumgesprochen, dass trotz Großaufgebots der

Polizei keinerlei belastendes Material gegen sie gefunden worden war. Daran änderte auch die gestiegene Reputation des Stradener Priesters nichts. Solange ihre Schuld nicht erwiesen war, würde sich niemand erlauben, gegen sie Stellung zu beziehen – zu sehr war jeder bemüht, die eigene Stellung nicht zu verschlechtern. Schon gar nicht gegenüber einer Person, die als großzügiger Sponsor und sozialer Wohltäter galt.
Für die Einweihungsfeier hatte sie eine Theaterbühne des Kulturvereins „Straden aktiv" ausgeliehen und diese in der Werkshalle, direkt vor den Kompostiertanks, aufbauen lassen. Mittels Videokameras und aufgestellter Leinwand würden die geladenen Gäste live mitansehen können, wie die ersten Tonnagen „Komposthumus" die Zerstückelungs- und Portionieranlage durchlaufen, verladen und schließlich abtransportiert werden würden. Die Zeit drängte. Sie beantwortete in aller Eile die E-Mail der Diözese Graz. Danach stand sie auf, kontrollierte Outfit und Make-up, bevor sie schließlich das Büro verließ. Laut Zeitplan hätte Martin schon vor zehn Minuten in ihrem Büro sein sollen, um den Ablauf der gemeinsamen Ansprache durchzuspielen. Wo war er nur wieder abgeblieben? Konnte er nicht einmal am wichtigsten Tag des Jahres pünktlich sein? Es war schließlich nicht ihre Idee gewesen, eine gemeinsame Präsentation zu halten, aber wenn es um öffentliche, seinem Status dienliche Auftritte ging, konnte er in der Tat so etwas wie Ehrgeiz entwickeln. Auf andere Bereiche war das leider weniger zutreffend.
So war seine Spesenabrechnung im letzten Quartal zum zehnten Mal in Folge gestiegen, während die Vertragsabschlüsse weiter stagnierten. Faktisch war er der schlechteste Sales-Manager des Unternehmens, praktisch war er ihr Ehemann. Anlässlich ihres gestrigen Hochzeitstages hatte sie ihn nicht nur ins einzige Haubenlokal Stradens, in die Sazianistube,

geführt, sie hatte ihm auch eine sündteure Rolex geschenkt, um ihre Zuneigung zu demonstrieren. Martin hatte sich zwar gefreut, aber angemessene Leidenschaft im Sinne angebrachter Dankbarkeit war in der darauffolgenden Nacht trotzdem nicht aufgekommen – ganz im Gegenteil. Sie wurde das Gefühl nicht los, dass er sich zu dem Akt hatte überwinden müssen. Ein demütigendes Gefühl, als wäre es ein persönliches Opfer gewesen, mit ihr zu verkehren. Vielleicht aber tat sie ihm auch Unrecht. Hatte schlicht zu viel von ihm erwartet! Womöglich brauchte er einfach noch ein bisschen Zeit, um in die Rolle des aktiven Ehemannes zurückzukehren.

„Los jetzt! Wir müssen!"

Martin war um die Ecke gebogen und schob sie förmlich aus dem Büro. Was war nur in ihn gefahren? Dachte er, dass er Verspätung und Versäumnis der letzten Nacht dadurch wettmachen konnte, indem er sie jetzt daran hinderte, die Türe abzusperren?

„Was soll denn jetzt auf einmal die übertriebene Eile, ich muss doch nur …"

Er küsste sie sanft am Hals, eine Geste, die gefühlte Jahrzehnte her war.

„Wir müssen gehen! Deine Gäste warten auf dich!"

Mit diesen Worten nahm er sie an der Hand und marschierte aus den Büroräumlichkeiten. Irgendwie war ihr die spontane Zärtlichkeit nicht geheuer, aber gerade selten gewordene Momente musste man genießen. Hand in Hand, als wären sie ein frisch verliebtes Pärchen, gingen sie zur Bühne, die Marktmusikkapelle Straden hatte schon zu spielen angefangen, während sie auf das Podium zusteuerten. Als sie sich der Bühne auf zwanzig Meter genähert hatten, ließ Martin ihre Hand los und ging mit schnellen Schritten voran. Er bestieg die Tribüne, schnappte sich das Mikrophon und kündigte sie

an. Als sie schließlich überrascht, der Ablauf hätte gänzlich anders verlaufen sollen, an das Pult trat, deutete er einen Wangenkuss an und flüsterte:
„Es ist dein Tag, deine Firma! Ich hab hier nichts verloren – es ist deine Bühne!"
Danach verließ er das Podium und stellte sich an den Rand der applaudierenden Menge. Sie war gerührt und schämte sich zugleich, so schlecht über ihn gedacht zu haben. Sie begrüßte die Gäste und schaffte es sogar, dem Bankier die erpresste Fünfzigtausend-Euro-Spende mit einem Lächeln zu übergeben. Nach einem kurzen Blick in die Vergangenheit und der Produktpräsentation an sich reichte ihr schließlich der technische Leiter das Schaltpult, mit dem sie publikumswirksam die Zerkleinerung des Komposthumus starten konnte. Eigentlich hätte ihr Martin das Schaltpult reichen sollen, doch dieser hatte sich offenbar unter das Volk gemischt. Mit eingeschalteter Warnblinkanlage und von der Kapelle begleitet fuhren die LKWs in die Werkshalle ein und hielten vor den Silotanks. Sie standen bereit, um die ersten Fuhren Komposthumus auszuliefern, bereit, ein neues Kapitel, einen neuen Lebensabschnitt einzuleiten. Vom höflichen Applaus der Menge begleitet, betätigte sie publikumswirksam den Button, der die letzte Verarbeitungsphase einläutete – die schwere Hydraulikpresse begann zu arbeiten.

Er hatte für Ferdl extra noch die Stradner Ortschronik aus der Bücherei im Messnerhaus ausgeliehen, um sicherzustellen, dass sein Chauffeur auch wirklich auf ihn warten würde. Der Messdiener war zwar der zuverlässigste Mann, wenn es darum ging, einen Gottesdienst vorzubereiten oder ihn mit aufreibend unwichtigen Fragen zu torpedieren, doch einfach so auszuharren, war nicht seine Stärke. Zu oft war er, anstatt zu warten, einfach auf ein Glas Wein in die Buschenschank Neubauer gefahren, hatte im Gasthaus Scharfy eine kleine Mahlzeit eingenommen oder einen Karton Weißburgunder beim Winzer Tropper gekauft. Kurzum, er hatte alles andere gemacht, als das zu tun, was ihm aufgetragen worden war – zu warten. Die Ortschronik, ein Meisterwerk der Historikerin Christa Schillinger, behandelte die achthundertjährige Geschichte Stradens. Sie war nicht nur interessant, sondern auch über vierhundert Seiten schwer, und da sein Pfarrsekretär dazu neigte, Bücher nach Möglichkeit in einem durchzulesen, würde dies die Chance, dass er diesmal auch wirklich dort war, wo er sein sollte, erhöhen.

Dank der Einladung, die ihm Herr Recknal zugesteckt hatte, konnte er das Firmengelände ohne Aufsehen betreten, da der Pförtner explizit angewiesen worden war, nur geladene Gäste einzulassen. Für Stradener Verhältnisse ein höchst ungewöhnlicher Schritt. Exklusive Veranstaltungen waren generell verpönt und von negativer Mundpropaganda begleitet.

Frau Recknal stand am Rednerpult und bewarb in ihrer Ansprache gerade die Vorzüge von Komposthumus. Die Menge lauschte interessiert ihrer Rede und er nutzte das dadurch entstandene Aufmerksamkeitsfenster, um die Halle möglichst unbemerkt in Richtung des Verwaltungstraktes zu durchqueren. Während er tunlichst im unausgeleuchteten Teil der Halle blieb, um nicht entdeckt und von Sicherheitskräften delogiert zu werden, gingen ihm die Worte der Agrarunternehmerin nicht aus dem Kopf. „Die Vorteile des Komposthumus liegen in der noch nie dagewesenen Humuskonzentration". Humus war seines Wissens die Gesamtheit organischer Bodensubstanzen. Wie aber sollte diese massiv erhöht werden, wenn der Dünger doch nur aus Bioabfällen und Grünschnitt bestand?

Dreißig Meter entfernt sah er einen Mann im Schatten des Förderbandes stehen. Er hielt eine Zigarettenkippe in der Hand. Die Asche glomm in kurzen Abständen auf, was auf einen Kettenraucher oder größere Nervosität deutete. Das allgemeine Rauchverbot schien die Person zu ignorieren, was ebenfalls auf Herrn Recknal und keinen normalen Angestellten hindeutete. Als er nur noch zehn Meter vom Mann entfernt war, trat dieser aus dem Schatten hervor. Es war der Unternehmer – wie vereinbart.

„Ihre Bürotüre ist offen, sie haben fünfzehn Minuten!", sprach er mit leiser Stimme.

Ohne ein weiteres Wort zu wechseln, übergab er dem Prälaten, wie ausgemacht, den Schlüssel zum Bürotrakt und verschwand wieder in Richtung der Veranstaltungsbühne – Frau Recknal sollte möglichst keinen Verdacht schöpfen. Der Zeitpunkt war optimal gewählt, da das gesamte Verwaltungspersonal Anwesenheitspflicht in der Werkshalle hatte und die jeweiligen Räumlichkeiten damit leer standen. Sein Herz pochte, als er die Türe zum Büro der Unternehmerin öffnete. Wenn die Frau auch eine skrupellose Mörderin war, Stil und Gefühl für Innenraumgestaltung konnte man ihr nicht absprechen. Dem dunkelbraunen Tisch aus Walnussholz stand der aufhellende Orangeton der Wände kontrastreich gegenüber. Vor Einbrüchen schien sie jedenfalls keine Angst zu haben, da der Wandtresor gut ersichtlich neben dem Bild positioniert war. Sie hatte sich nicht einmal die Mühe gemacht, das Pigmentbild, eine Malkunst, die er bislang nur im Vatikan gesehen hatte, über den Tresor zu hängen. Der Computer war schnell eingeschaltet, die korrekte Passworteingabe würde in Kürze über Erfolg oder Nichterfolg von Herrn Recknals Plan entscheiden.

Zu diesem Zwecke hat ihm der untreue Gatte drei Wortkombinationen aufgeschrieben, die er, unter dem Vorwand, für seine Frau den Computer einzurichten, vom Netzwerkadministrator des Unternehmens bekommen hatte. Die ersten zwei Passwörter akzeptierte das Programm widerstandslos, bei Passwort Nummer drei allerdings verweigerte es die Verifzierung. *Merda!* Was schrieb der Idiot auch so undeutlich! Das System erlaubte nur zwei fehlerhafte Eingaben, bevor es den User sperren würde, und er hoffte inständig, dass das, was er für ein kleingeschriebenes „a“ gehalten hatte, in Wirklichkeit ein „o“ war. Es dauerte fünf Sekunden, eine gefühlte Ewigkeit des Bangens, bis das Passwort verarbeitet und die Desktopoberfläche geladen war.

Er war gerade dabei, das Dateienverzeichnis aufzurufen, als das Handy zweimal läutete. Nummer unterdrückt! Danach verstummte es wieder, bevor es drei weitere Male erklang. Seine Hände begannen zu zittern, es war das vereinbarte Anrufmuster, das ihn vom Ende der Präsentation und der baldigen Rückkehr des Personals unterrichten sollte. Auf dem Zettel, den er neben sich aufgelegt hatte, war der Dateienpfad abgebildet, über den er die gelöscht geglaubten Videoaufnahmen würde herunterladen können. Was Frau Recknal nämlich nicht wusste, war, dass das Videobearbeitungsprogramm immer auf Basis einer Kopie und nicht mit der Originaldatei arbeitete, womit die belastenden Videoaufnahmen noch in einem Nebenverzeichnis gespeichert waren. Aus der Mantelinnentasche zog er die externe Festplatte mit USB 3.0-Anschluss – sie würde eine schnellstmögliche Datenübertragung gewährleisten. Er hatte die Datei gefunden und startete den Übertragungsprozess. *Merda!* Die Zeit verflog, Sekunden wurden zu Minuten, doch der Transfer war erst zu dreißig Prozent abgeschlossen. Er hörte zwei Frauenstimmen, die sich dem Büro näherten. Eine davon sprach über einen Aktenordner, den sie ins Büro der Chefin legen wollte, sie würde demnach in

Kürze den Raum betreten. Hilfesuchend blickte er sich um, die Datenübertragung war noch nicht beendet, eine vorzeitige Flucht über das Fenster also nicht möglich. In der Hoffnung, die Angestellte würde es bei der Ablage des Ordners belassen, schaltete er den Bildschirm aus und kroch unter den zur Eingangstür hin verbauten Schreibtisch. Sein Herz raste, er wagte es nicht zu atmen.

„Komm schon! Wenn der alte Drachen mal Sekt spendiert, müssen wir das auch nützen. Außerdem ist ihr Büro sowieso zugesperrt!", hörte der Prälat eine der Damen sagen.

„Du hast recht, wo bin ich nur mit meinem Kopf!"

Die Buchhalterin war kurz davor gewesen, die Türklinke zu betätigen, als sie sich entschloss, den Rat ihrer Kollegin zu beherzigen. Priester Rangl wartete, bis das Klappern der Stöckelschuhe außer Hörweite war, und kroch danach unter dem Schreibtisch hervor. Als der Bildschirm wieder eingeschaltet war, meldete das Betriebssystem den Abschluss des Datentransfers. Er verstaute die Festplatte in der Schutzhülle und ließ sie in die Manteltasche zurückgleiten. Der Computer war schon heruntergefahren, als er abermals lauter werdende Stimmen vernahm. Diesmal waren es mehrere. Sie kamen auf ihn zu, was nur einen Rückschluss erlaubte – die Belegschaft ging an ihre Arbeitsplätze zurück, ein unbemerktes Entkommen über den Bürotrakt war damit unmöglich. Das Bürofenster war die einzige Option, ein Fluchtweg mit einem entscheidenden Nachteil!

Das Fenster ließ sich von außen nicht mehr schließen, Frau Recknal würde dementsprechend bemerken, dass jemand im Büro gewesen war. Egal – die Alternative war, von den Angestellten gesehen zu werden, das schlechteste aller Szenarien! Er öffnete das Fenster und schwang sich nach draußen. Vor nicht allzu langer Zeit hatte er an selber Stelle einen Joint geraucht, diesmal fand sich dafür leider keine Zeit. Gebückt, jeden Schritt möglichst abfedernd, lief er am Verwaltungstrakt vorbei. Er schlüpfte durch den Nebeneingang und fand sich in der Werkshalle wieder. Eine Hand hielt er dabei immer schützend um die Manteltasche. Würde er die letzte Chance zu Frau Recknals Überführung nützen wollen, durfte die wertvolle Fracht keinen Schaden nehmen.

Zuerst war da nur das mechanische Surren der Hydraulikmotoren. Erdstücke rieselten von der Decke herab, erst wenige, dann immer mehr. Mein Igludach, der ganze schwarze Himmel, schien über mir zusammenzubrechen. Verdammte Wikinger, sie hatten recht behalten! Hunderte, nein, tausende Kilo Erdreich stürzten um mich herum und über mir zusammen. Das, was von mir noch übrig war, rang nach Luft. Bis dahin war ich noch nie von einer Lawine verschüttet worden, jetzt wusste ich, wie sich das anfühlte. Ohnmacht! Aber kein gnädiges Einschlafen, nur ein Gefühl der Hilflosigkeit, der Angst.

Mit der Erde waren die Würmer zurückgekehrt, sie hatten bereits vor langer Zeit von mir abgelassen. Waren einfach weg gewesen, waren in höhere Schichten des Tanks gewandert oder so. Sie hatten alles bekommen, hatten sich an meinem Fleisch, meinen Sehnen, meinem Gewebe bis zu den Eingeweiden gelabt – hatten gefressen. Nicht, dass ich ihren Rückzug bedauert hätte, aber im Nachhinein sieht man ja nur das Positive. So hatten sie Knochen und andere Körperstellen verschont, mir meine Würde gelassen. Wenn sie fraßen, fraßen sie, aber nie gierig. Die Wurmspezies war richtiggehend human gewesen. Sie folterten nicht, versuchten ihrem Opfer keine Qualen zu bereiten. Die kleinen Fresslinge hatten mich stets betäubt, so war die Auflösung meines organischen Materials beinahe schmerzlos vorübergegangen. Als die Würmer gingen, ging ein Teil von mir. Vielleicht ist es das, was die Leute Stockholmsyndrom nennen, aber ich war froh, meine abertausend Freunde wiederzusehen.

Was nicht für die verdammten Käfer galt. Sie waren die Bestien, sie waren das Böse, sie waren nie fortgegangen. Körperlich waren Würmer den Aasfressern um Längen voraus, der Chitinpanzer aber machte die Todesgräber beinahe unverwundbar. Die beiden Spezies waren nur kurzfristig imstande gewesen, in Frieden zu leben. Co-Existenz war nicht angesagt, zumindest, wenn die Nahrung knapp wurde. Dann nämlich brachen die Käferhorden über die Würmchen herein, jeweils einige Dutzend gleichzeitig umzingelten einen Wurm. Danach zogen sie den Todeskreis immer enger, bis schließlich alle, immer schneller werdend, auf den Wurm stürmten und ihn mit ihren Beißwerkzeugen zerfetzten. Nur wenige meiner Freunde hatten sich dem Gemetzel gestellt, die meisten waren in höhere Ebenen geflüchtet und hatten den Käfern ihr Revier überlassen.

Nun aber sanken wir gemeinsam ein. Der Boden vibrierte heftig, als würde er sich gegen seine Demontage wehren, dann glitt die Stahlgitterkonstruktion endgültig in die Wand zurück.

Ich fiel, nicht lange, nur ein bis zwei Meter, hoffentlich auf mehrere dieser Käfer, zerquetschen wollte ich die Mistdinger. Der Aufprall war weich, wohl weil die Erde nicht mehr so komprimiert war. Käfer hatte ich keinen erwischt, zumindest sah ich nichts, fühlte keine glibbrige Masse, fühlte überhaupt wenig. Diesmal bewegte sich der Boden anders, kein Rumpeln, kein Wegziehen, eine stetige Bewegung, eine Richtung, es ging voran! Wie eine Rolltreppe, nur ohne Stufen und Neigung. Es

war ein Förderband. Gerne hätte ich gesehen, wohin es mich brachte, doch ich war halb blind und ein Haufen Erde versperrte mir zusätzlich die Sicht. Einzig den Kopf konnte ich etwas drehen, oder das Auge rollen, schwer zu sagen, was zutreffender war. Ich befand mich offenbar in einer Art Transportschacht, maximal 1,5 Meter hoch, dafür doppelt so breit. In unregelmäßigen Abständen war das Dunkel der Röhre durch ovale Fenster, vielleicht Plexiglas, unterbrochen. Durch sie konnte ich die Außenwelt sehen, sah Menschen, die mich fasziniert anstarrten, Menschen, die durch mich hindurchsahen! Zudem musste die Scheißwand schalldicht sein, anders war es nicht zu erklären, dass niemand auf meine Hilferufe reagierte. Kein Bürgermeister, nicht Franz, der gutherzige Gemeindearbeiter, nicht mal Xaver! Tränen rannen mir über die Wangen, was hatte ich ihnen nur getan, dass sie mich so hassten! Arschlöcher, verlogener Misthaufen! „Scheiß drauf", dachte ich mir, wenn alle mit der verrückten Recknal unter einem Hut steckten, konnte ich gut und gerne auf das Pack verzichten.
Dann wurde es wieder dunkel. Die lachenden Gesichter, die ovalen Fenster, alles war urplötzlich wieder verschwunden – die Fahrt ging weiter. In der Ferne hörte ich ein Stampfen und Ächzen, ein grauenhaftes Geräusch. Sogar meine Wurmfreunde schienen ein ungutes Gefühl zu haben, sie verkrochen sich in der Erde, suchten Schutz in meinem Körper. Je näher wir kamen, desto lauter, desto bedrohlicher wurde alles. Ein letztes Sichtfenster tat sich zwei Meter vor mir auf. Durch das einfallende Tageslicht würde ich wenigstens erkennen, was auf mich zukam, oder besser – worauf ich zusteuerte.
Im Erdhaufen vor mir hatte sich eine ganze Wurmkolonie zusammengerottet, ich hörte ihre Angstschreie, ihre Hilferufe! Sogar in dieser Situation wurden sie noch von den verdammten Käfern angegriffen. Im Schein des Lichts erkannte ich schließ-

lich mein Schicksal. Deswegen war mir das Geräusch so bekannt vorgekommen! Als Winzerin kannte ich jede Form von Pressen und das Ding, worauf ich mich zu bewegte, war eine hydraulische! Meine Wurmfreunde erwischte es als Erstes, sie wurden zwischen den zwei Platten einfach so zerquetscht. Ich schrie um meine Gefährten, mit ihnen starb ein Teil von mir. Die beiden gegenläufigen Platten waren mit überdimensionalen Stahlstiften versehen, wie ein verdammtes indisches Nagelbett, nur dass man gleichzeitig aufgespießt und erdolcht wurde. Das Förderband bewegte sich immer schneller, weglaufen unmöglich, so ohne Beine. Ich schloss das Auge, spürte keinen Schmerz, hörte den Applaus der „Stradner" und hoffte nur, dass es die Käfer auch erwischen würde.

Als der letzte LKW die Werkshalle verlassen, sie vom Anwalt bis zum zivildienenden Sohn des Bürgermeisters sämtliche Hände Stradens geschüttelt hatte, überkam sie das erste Mal so etwas wie ein Anflug von Zufriedenheit. Egal, wie viele Steine man ihr in den Weg geworfen hatte, mit dem heutigen Tage, der Auslieferung der ersten Düngertranchen, lösten sich alle Probleme in Luft auf. An jeder einzelnen Fuhre würde sie mehrere tausend Euro verdienen, würde die Arbeitsplätze ihrer Belegschaft für weitere zwei Jahre gesichert haben und die Abhängigkeit von Fremdkapital sukzessive verringern. Ein Lächeln huschte über ihr Gesicht, sie war glücklich. Die letzten Jahre hatten an ihr, ihrer Partnerschaft, ja der gesamten Familie gezehrt. Ein Umstand, der ihr in seiner gesamten Tragweite erst jetzt bewusst wurde, doch von nun an würde alles anders, alles gut werden – Gott wusste das am besten.
Martin war gekommen, um ihr ein Glas Sekt zu reichen, eine liebevolle Geste, schon die dritte an diesem Tag. Sie schloss

die Augen, um noch einen Moment in sich zu gehen, still zu genießen, bevor sie sich wieder in die Menge werfen würde. Das Leben war gut zu ihr, doch just in dem Augenblick, als sie Martin noch einen flüchtigen Kuss, ein Dankeschön auf die Wange geben wollte, bemerkte sie ihn.

Ihn, den einzigen Grund, warum sie die Einladung nicht öffentlich gemacht hatte. Ihn, der ihr seit Monaten das Leben schwer machte, der einfach nicht verstehen wollte, dass Frau Altgsell eine Ehebrecherin war und bestraft werden musste. Sie hasste den Priester, und dass er auf das Gelände gelangt war, ließ sämtliche Alarmglocken schrillen. Es war ihr ein Rätsel, wie er überhaupt auf das Betriebsgelände kommen konnte, doch wie auch immer, die Anwesenheit des kiffenden Schnüffelpredigers verhieß nichts Gutes. Über Martins Schultern beobachtete sie, wie er schnellen Schrittes, sich immer wieder paranoid umsehend, in Richtung des Ausgangs hetzte. Dabei berührte er mit der rechten Hand stetig seine linke Brustseite, als ob er eine Herzattacke befürchtete. Gott war zwar gnädig, doch so leicht würde er es ihr wohl trotzdem nicht machen. Es musste eine andere, potenziell gefährlichere Erklärung für alles geben. Sie flüsterte Martin zu, dass der Priester hier sei und er ihn möglichst unauffällig stellen solle. Entgegen seinen sonstigen Gepflogenheiten widersprach ihr Mann nicht, sondern deutete ihr nur, ruhig und gelassen zu bleiben, er würde sich schon um den Prälaten kümmern. Obwohl sie seinem plötzlichen Persönlichkeitswandel durchaus wohlwollend gegenüberstand, war er ihr auch, besonders ob seiner Geschwindigkeit, suspekt. Als Martin und der Prälat außer Sichtweite waren, ließ sie sich bei ihren Gästen entschuldigen.

Es war kein Verdacht, eher ein bestimmtes Gefühl, das sie förmlich zwang, ihr Büro aufzusuchen. Immer schneller werdend, zum Ende hin beinahe laufend, näherte sie sich dem

Verwaltungstrakt. Ihre Sekretärin war durch ihre unerwartete Anwesenheit so erschrocken, dass sie einen Stapel Serienbriefe fallen ließ, auf dem Frau Recknal wiederum fast ausgerutscht wäre. An jedem anderen Tag wäre Frau Recknal ausgezuckt, hätte ihre Assistentin wild beschimpft und sie womöglich gekündigt. Diesmal aber verfolgte sie andere Prioritäten.
Als sie ihr Büro erreichte, fiel ihr als Erstes das offene Fenster auf. Sie trat auf den Gang zurück und schrie:
„Wer von euch war in meinem Büro und hat das besch ...“, sie verkniff sich das Wort, „... besondere Fenster geöffnet?“
Da niemand auf die Frage geantwortet hatte, war sie von Einkauf bis Verkauf in jede Abteilung gegangen, um sich persönlich zu vergewissern, dass es niemand ihrer Angestellten gewesen war. Es hätte sie auch sehr gewundert, da an alle die Anweisung ergangen war, beim Festakt anwesend zu sein. Nein, sie spürte, dass etwas faul war, dass er hier gewesen war. Sie schloss das Fenster und suchte den Raum nach etwaigen Veränderungen ab. Der Computer war heruntergefahren, befand sich also im selben Betriebszustand, wie sie ihn zurückgelassen hatte. Die Position der Computermaus aber war nicht korrekt, war verändert worden. Sie lag rechts neben der Tastatur, nicht oberhalb, nicht vorm Monitor, nicht dort, wo sie die Maus abgelegt hatte. Jemand musste sich an ihrem Arbeitsplatz zu schaffen gemacht haben. Jemand mit Interesse an ihren Daten, jemand wie der Priester. Sie fuhr den Computer hoch, kontrollierte die E-Mails und sah sich die Liste der kürzlich benutzten Programme und aufgerufenen Dateien an – ohne Ergebnis. Wonach hatte er bloß gesucht?
Sie öffnete „Surveillance Plus“, das Programm zum Steuern der Überwachungskameras, die seit zwei Tagen Teile des Betriebsgeländes abdeckten. Kamera 1 überwachte die Ostseite des Werksgeländes, war um hundertachtzig Grad schwenkbar

und verfügte über eine Zoomfunktion, die sie betätigte. Ein Wagen stand am Straßenrand, Insassen und Kennzeichen waren nicht auszumachen. Martin aber sehr wohl. Er schien mit der Person zu reden, jedenfalls beugte er sich in die Fahrgastzelle. Es schien, als würde er etwas übergeben bekommen, doch die Schwarzweiß-Perspektive konnte auf die Entfernung leicht täuschen. Kurz darauf fuhr der VW Golf weg, Martin blickte kurz hinterher und bewegte sich wieder in Richtung der Werkshalle. Wer bitte war in dem Auto gesessen, eigentlich konnte es sich nur um den Priester handeln!
Sie spulte die Aufnahme, die per Gesetz vierundzwanzig, bei „Recknal's gARTen" aber 72 Stunden gespeichert wurden, zurück. Jetzt war ganz klar erkennbar, dass es sich bei dem Mann im Auto um Prälat Rangl gehandelt haben musste. Der Clip offenbarte auch, dass er immer wieder auf seine rechte Manteltasche gedeutet und Martin dabei stets zustimmend genickt hatte. Irgendetwas war faul, Martin wirkte ganz und gar unaufgeregt, als wäre die Anwesenheit des Pfarrers nichts Außergewöhnliches oder Unerwünschtes. Wonach konnte der Priester gesucht haben? Wusste er von der Handtasche? Hatte er sich am Tresor zu schaffen gemacht?
Sie versperrte die Bürotüre und schloss die Jalousien. Während sie die Laminatplatte anhob, um zum Bodentresor zu gelangen, ärgerte sie sich noch darüber, dass sie nicht darauf bestanden hatte, den Verwaltungstrakt im Allgemeinen und ihr Büro im Speziellen zuerst mit Kameras auszustatten. Hätte sie auf ihren Verstand gehört, müsste sie jetzt nicht um ihre Freiheit zittern. Aber nein, sie hatte einen potenziellen Konflikt mit Martin, der ein erklärter Gegner von Überwachungskameras war, vermeiden wollen. Das hatte sie nun davon!
Der Tresor sprang auf. Sie sah die Handtasche, zählte das Geld, bemerkte, dass nichts fehlte, und blieb dennoch beunruhigt.

Wonach hatte der Priester gesucht, wenn er offensichtlich nicht hinter der Handtasche, sondern einer Computerdatei her gewesen war? Nachdem sie den Tresor wieder geschlossen hatte, widmete sie sich abermals den Videoaufnahmen.
Das Programm reagierte nicht sofort, weswegen sie schroff auf die Tastatur schlug, was zur Folge hatte, dass diese verrutschte und den Blick auf einen Zettel freigab. Ein Stück Papier, das nicht aus ihrer Feder stammte, das sie noch nie zuvor gesehen hatte. Ihre Passwörter und ein unbekannter Datenpfad waren darauf zu erkennen. Nachdem sie dem Pfad gefolgt war, wurden ihr drei Dinge bewusst: Martin hatte sie verraten, der Priester hatte gefunden, wonach er gesucht hatte, und sie würde Hilfe von „oben" benötigen, um nicht ins Gefängnis zu gehen – Gott wusste das am besten.

Kapitel X – von Friedhöfen und Aufschüttungen

Sie hatte Martin nicht zur Rede gestellt. Vielleicht, weil die Aufnahmen der Überwachungskameras kein objektiver Beweis seiner Mittäterschaft waren, vielleicht, weil seine Handschrift nachgeahmt worden war, wahrscheinlich aber, weil sie den Gedanken, von ihm hintergangen worden zu sein, nicht hätte ertragen können. Und warum sollte Martin überhaupt gemeinsame Sache mit dem Prälaten machen? Frau Altgsell würde er nie wiedersehen, das wusste er vielleicht nicht, aber er ahnte es zumindest. Er besaß keinerlei Anteile am Unternehmen, war technisch gesehen nur ein Verkaufsangestellter. Ohne ihr Wohlwollen war er gar nichts! Was also würde er sich bei einer Verhaftung ihrerseits erwarten können? Wenig bis gar nichts! Ihre Anteile wurden von einer Stiftung kontrolliert, nach außen hin eine Familienstiftung, im Innenverhältnis regierten andere Kräfte. Sorgen bereitete ihr nur, dass Martin nichts davon wusste. Über ihre genauen Vermögenswerte und kirchentechnischen Hintergründe hatte sie ihn stets uninformiert gehalten. Eine Entscheidung, die nicht nur sie, sondern auch ihn schützen sollte, die sich nun aber möglicherweise ins Gegenteil verkehren könnte. Dann nämlich, wenn er sich bei ihrer Verhaftung eine finanzielle Besserstellung erwarten würde.

Als sie das Büro verließ, war in sämtlichen anderen Räumen schon Dunkelheit eingekehrt. Nach zwanzig Uhr traf man generell niemanden im Büro an, das war wohl das Los eines jeden Unternehmers, man musste selbst seine beste Arbeitskraft sein. Oft sehnte sie sich nach einem Partner, nicht im Sinne einer Liebesbeziehung, sondern einem Geschäftspartner, der ihr ein wenig Arbeit, ein wenig der alltäglichen Sorgen hätte abnehmen können. Leider kam für diesen Job niemand in Frage. Männer, überhaupt auf Managementebene, hatten ein generelles Unterordnungsproblem, konnten starke Frauen schwer bis gar nicht akzeptieren. Starke Frauen wiederum gab es nicht viele und jenen, die gut ausgebildet waren, fehlte meist der Wille, den Beruf über Familie und Partnerschaft zu stellen. Eine Einstellung, die für Erfolg aber unabdingbar war. So blieb ihr nichts anderes übrig, als ihr Schicksal als Einzelkämpferin zu akzeptieren – Gott wusste das am besten.

Ihr Weg führte durch Stainz, am Key West, dem Eldorado für betrunkene Jugendliche, das ihre Kinder nie würden aufsuchen dürfen, vorbei. Linker Hand erstreckten sich die kleinen, künstlich angelegten Fischteiche und spiegelten sich verstohlen im Mondlicht. Auf dem Weg nach Hause musste sie noch einen wichtigen Friedhofsbesuch erledigen. Nicht dass ihr verstorbener Vater nicht noch einen Tag hätte warten können, ihr Kontakt hatte auf das nächtliche Treffen auf dem Friedhof bestanden.

Sie parkte den Wagen auf dem aufgeschotterten Parkplatz. Das verlassene Wirtschaftsgebäude unterhalb der alten Wehrmauer warf in dieser Nacht einen zusätzlichen Schatten auf den Friedhof. Am Eingang blieb sie stehen und fummelte im Dunkel der Nacht ein paar Euro-Münzen aus ihrer Brieftasche, um dem Automaten drei Grabkerzen zu entnehmen. Als Raucherin hatte sie immer ein Feuerzeug dabei, was sich gerade in Nächten, an denen starker Ostwind herrschte, bezahlt machte. Sie ging am Grab der Familie Peklar vorbei und erreichte nach sechzig Metern das kleine eiserne Tor, einen Seiteneingang des Friedhofs. Wie vereinbart zündete sie hier die erste Kerze an und positionierte sie in Schwenkrichtung auf der Friedhofsmauer. Danach entzündete sie, wie ihr geheißen

worden war, die zwei anderen Kerzen, nahm eine in die linke, die andere in die rechte Hand und folgte dem Wegverlauf, bis dieser einen Linksknick vollführte. Dort angekommen ging sie zur Friedhofsmauer und ließ ihren Blick nach St. Anna schweifen. Ganze fünf Minuten stand sie in der Kälte, äußerlich betrachtet musste sie nachdenklich, wahrscheinlich sogar verloren gewirkt haben. Dabei blickte sie nur verstohlen auf ihre Uhr, es war 21:05 Uhr, Zeit, den ersten Kontrollpunkt zu verlassen und die Umrundung fortzusetzen. Hundert Meter später war sie bei der nächsten Wegkreuzung angekommen und bog rechts, in Richtung der Friedhofsmitte ab. Das hölzerne Kruzifix markierte den nächsten Kontrollpunkt. Sie umrundete es und positionierte die zweite Kerze am Grabe des Dechants Schlager. Nach weiteren zehn Minuten kniete sie sich schräg gegenüber zur Grabstätte ihrer eigenen Familie, wo sie die letzte Kerze abstellte. Danach hieß es warten, warten auf ein Treffen, das sie gewollte hatte. Warten auf ein Treffen, das sie alles kosten und trotzdem Freiheit bringen würde.
„Du weißt, dass du von deiner Kirche sehr viel verlangst!“, fast lautlos hatte sich der Gesandte schräg hinter sie gekniet. Er flüsterte und dennoch klang seine Stimme stark, väterlich beängstigend.
„Jawohl Eminenz. Ich sehe aber keinen anderen Weg!“, entgegnete sie leise.
„Es ist also wahr, du hast gegen das fünfte Gebot verstoßen, obwohl gerade du in einer besonderen Verantwortung stehst. Nicht nur gegenüber Gott, auch und vor allem gegenüber seiner Kirche! Deine Tat wird große Bußbereitschaft erfordern.“
„Dazu bin ich bereit Eminenz, helft mir nur in dieser Sache, um unsere gemeinsame vollenden zu können!“
Ohne den Kopf und die Blickrichtung zu verändern, den Grabstein starr fixierend, nahm sie den vorbereiteten Umschlag aus

ihrer Handtasche und legte ihn hinter sich. Sie hörte, wie er den Briefumschlag an sich nahm und in der Manteltasche verschwinden ließ.

„Wir vertrauen darauf, dass deine Buße deiner Verfehlung entspricht. Sollte das der Fall sein, dann glaube! Denn nur denjenigen, die reinen Glaubens sind, denjenigen, die die Überzeugung über den Zweifel stellen, nur denjenigen wird göttliche Gnade zuteilwerden!"

Es waren die letzten Worte des Gesandten. Er stand auf, zeichnete ihr das Kreuz Christi symbolisch auf den Hinterkopf und verschwand im Dunkel der Nacht, während sie am Grabstein ihres Vaters verweilte. Sie hoffte inständig, dass er ihr vergeben, sie verstehen würde. Im völligen Bewusstsein, dreißig Jahre Arbeit überschrieben zu haben, verließ sie den Friedhof. Am Ende des Tages zählten nur Martin und ihre Kinder. Schutz und Erhalt der Familie waren ihre erste Pflicht, ihre heilige Aufgabe und nichts anderes hatte sie getan – Gott wusste das am besten.

Prälat Rangl hatte gerade die Tür zu seinem privaten Kellerabteil, weder der Haushälterin noch dem Pfarrsekretär war der Zugang gestattet, geschlossen, als er von Weitem die Rufe seines treuen Untergebenen hörte. Wie immer – was auch der Grund war, warum er seinen Kompagnon auf diesem, eigentlich aber auf überhaupt keinem Gebiet ernst nahm – überschlug sich Ferdls Stimme förmlich. Er hielt ein Blatt Papier in der Hand. Während er die Cannabis-Probe eilig in der Hosentasche verschwinden ließ, nahm er das Papier entgegen. Es war ein Fax, Absender war die Diözese Graz-Seckau. Mit wachsender Verwunderung überflog er den Inhalt. Ferdl, den er ob seines stetigen und zunehmend nervigen Nachfragens mittlerweile mit Janis titulierte, hatte er zurück in die Pfarrkanzlei geschickt.

Die Benachrichtigung, die einer Anweisung glich, war höchst verwunderlich. Waren die Nachrichten normalerweise mit Namen und Siegel des Diözesanbischofs oder wenigstens des Generalvikars gezeichnet, hatte man diesmal auf die Nennung einer zuständigen Person oder Stelle gänzlich verzichtet. Ein Vorgehen, das dem hierarchischen Ordnungsprinzip wie auch dem Kirchenrecht eigentlich zuwiderlief. Inhaltlich war es eine allgemeine Anweisung, wonach es Geistlichen ohne Einverständnis des zuständigen Diözesanbischofs strikt untersagt war, sich in weltliche Belange von Exekutive und Justiz einzumischen. All das weckte böse Erinnerungen an seine Vergangenheit, hatte den faulen Geruch von Zensur durch Obrigkeit. Hinzu kam die direkte Anweisung, ein Schriftstück, einen Vertrag mit dem Aktenzeichen „DVS-01/15-StGS" für eine Botensendung vorzubereiten. Natürlich gab es außer dem Beisatz, dass man sich melden würde, keinen Hinweis auf den späteren Empfänger des Vertrages. Alles in allem war ihm nicht wohl bei der Sache. Seit seiner Versetzung, in deren Zuge er kurz in Graz vorstellig geworden war, hatte sich niemand von übergeordneter Stelle für sein Schaffen in Straden interessiert. Bis heute zumindest!

Er ging die Stiegen hinauf und betrat Ferdinands Büro. Der Pfarrsekretär saß wie immer hochkonzentriert über Büchern, wahrscheinlich wieder dem 1. Korinther-Brief, und bereitete Passagen für die heilige Messe vor. Auf leisen Sohlen schlich sich der Prälat hinter ihn, das eine oder andere schelmische Element hatte ihm auch der Heilige Stuhl nicht austreiben können, und schnippte das Ohrläppchen des Messdieners an. „Himmel, Hölle, Pest und Wolkenbruch!", erschrocken sprang das „Schnippopfer" auf.

„Erwischt Ferdl! Hölle und Pest – du scheinst mir doch ein kleiner Satanist zu sein!", der Priester lächelte verschmitzt.
„Mitnichten, Eure Exzellenz! Es war nur der Schreck, der durch mich sprach. Bitte um Entschuldigung. Ihr müsst mir glauben, niemals würde ich dem Satan huldigen", der Messdiener hielt sein Gesicht beschämt in den Händen vergraben. Es dauerte zehn Minuten, bis er Ferdinand davon überzeugt hatte, dass es sich bei der Behauptung nur um einen Spaß seinerseits gehandelt hatte und er ihm keinesfalls unterstellen würde, ein Satansanbeter zu sein. Der alte Mann schien seine kleinen Witze immer noch sehr ernst zu nehmen. Wahrscheinlich wie es ein normaler Priester von seinem Pfarrsekretär auch erwarten würde, aber er war nun mal kein „Null-acht-fünfzehn-Priester" und daher mussten sich seine Mitarbeiter auf liebevolle Neckereien einstellen. Zuweilen waren auch kleine Gemeinheiten dabei, aber diese brachte jedes Leben mit sich, warum sollte das im Kirchendienst anders sein. Nachdem sich der Messdiener endlich beruhigt hatte, trug er ihm auf, das Schriftstück „DVS-01/15-StGS" im Archiv ausfindig zu machen und ihm ins Büro zu bringen. Zweimal hatte der Pfarrsekretär nachgefragt, ob es denn wirklich kein Problem sei, dass er, als christlicher Laie, die Stradenarchive ohne Kontrolle durch einen Geistlichen durchsehen dürfe. Ein Umstand, der den Priester einerseits hinsichtlich seiner Vorgänger nachdenklich werden ließ und anderseits dem Messdiener eine weitere Namensabstufung zu „Josey" einbrachte.
In seinem Büro angekommen ging er erst zum Wandschrank, nahm sich ein Päckchen Koks heraus, vier bis fünf davon hatte er immer zu Hause liegen, und begann, sich eine kleine Line aufzubereiten. Zwei davon, alle dreißig Minuten, würden genügen, um die nächsten Stunden munter und konzentrationsfähig zu bleiben, was bei der Menge an noch zu sichtendem

Videomaterial auch bitter notwendig wäre. Wie ihm leider erst zu spät bewusst geworden war, hatte er den Zettel mit Dateipfad und Passwörtern in Frau Recknals Büro liegen lassen. Sollte sie sich darauf einen Reim machen, würde sie garantiert eine Anzeige wegen Datendiebstahls in Erwägung ziehen, womöglich musste er die Aufnahmen dann sogar refundieren, ohne einen Beweis für ihre Schuld gefunden zu haben. Zwar wusste er nicht, ob gestohlene Beweismittel in einem Strafverfahren überhaupt zulässig waren, doch er wollte nicht warten, bis Frau Recknal ihren nächsten Zug machte. Bislang hatte er fast zweihundert Stunden Videoaufzeichnungen gesichtet, die Stelle, an der er Beweise für Julis Verschwinden zu finden hoffte, war aber noch nicht dabei gewesen. Das Einzige, was die Aufnahmen bis jetzt zutage befördert hatten, war das rege Wildschweintreiben am Rosenberg – ein Umstand, der ihn von Stunde zu Stunde mehr frustrierte. Hatten die Kameras womöglich doch nichts aufgezeichnet? Er brauchte Beweise! Wenigstens aber starke Indizien, um die Polizei zu weiteren Ermittlungen motivieren zu können!

„Eure Exzellenz. Ich hab den Schrank gefunden, der Schlüssel passt aber nicht!“, die Worte des Messdieners rissen ihn aus seinen Gedanken.

„Wie, er passt nicht? Dann muss es halt einen anderen geben! Du hast doch die ganzen Schlüssel verwaltet oder irre ich mich?“

„Das ist es ja! Dieser Schrank ist ein Tresorschrank mit zwei Schlössern. Ihr Schlüssel passt nur in eines davon!“

„*Merda!* Wie hat mein Vorgänger dann das Ding aufbekommen?“

„Euer Vorgänger war immer alleine in diesem Raum. Diesen Teil des Archivs habe ich heute zum ersten Mal gesehen!“, entgegnete der Sekretär entschuldigend.

Die Sache begann langsam aber sicher mysteriös zu werden. Priester Rangl schickte den Pfarrsekretär unverrichteter Dinge nach Hause. Er sollte nun herausfinden, wer seitens der Diözese für die dubiose Anfrage zuständig war. Das eilte aber nicht – das konnte er ebenso gut am nächsten Tag in Erfahrung bringen. Als Ferdl das Büro verlassen hatte, beugte er sich über den Schnee und zog ihn ein. Es würde fünfzehn bis zwanzig Minuten dauern, bis die Wirkung einsetzte. Zeit genug, um ein Glas Rotwein zu sich zu nehmen.

Während er weiter die Videoaufzeichnungen durchforstete, kamen ihm Gedanken an den Fall Rionale, die Demütigung, die er erfahren hatte, als es darum ging, einen korrupten Kardinal dingfest zu machen. Diesmal würde alles anders laufen, diesmal war die Verbrecherin auch kein Kurienmitglied, sondern nur eine einfache Unternehmerin. Eine bessere Gärtnerin!

In diesem Augenblick fuhr Julis BMW über den Bildschirm. Mit einer Mischung aus Trauer, er war sich nun sicher, dass Juli tot war, und Selbstbestätigung verfolgte der Prälat, wie Frau Recknal mit schnellen Handgriffen den Treibstoff im Wagen entzündete, Benzintank und Kanister verband und das Auto abbrannte. Juli konnte er nicht sehen, auch die Polizei hatte sie nicht gefunden. Die Gärtnerin musste sie schon früher oder woanders entsorgt haben. Aber wie? Und wo? Juli war kurz vor ihrem Verschwinden noch bei ihm in der Beichte gewesen. Sie hätte schon freiwillig zur Unternehmerin fahren müssen, damit sich Mord und Beweismittelvernichtung innerhalb von nur einer Stunde ausgegangen wären.

Das Marschierpulver wirkte mittlerweile, er fühlte sich göttlich. Das Video würde in jedem Fall beweisen, dass Frau Recknal in den Tod oder das Verschwinden, er hoffte immer noch Letzteres, wenngleich er die Chancen auch für sehr gering er-

achtete, involviert war. Die Polizei würde sich des Falles wieder annehmen müssen – er hatte gewonnen.
Am liebsten hätte er sofort den Polizeioffizier verständigt, doch er befürchtete, dass er durch das weiße Gold unnatürlich ausgelassen auftreten würde. Da er sowieso nicht gut angeschrieben war, wollte er ein Drogenscreening nicht riskieren, dass er seinen Führerschein hatte abgeben müssen, war schlimm genug. So verließ er sein Büro, ging zur alten Atlas-Zeder und blickte in den glasklaren Nachthimmel. Bis nach Kärnten konnte man an jenem Abend sehen, die Weite schien ganz nahe. Juli war ganz nahe. Er dachte an den Moment ihrer einzigartigen Begegnung zurück. Es war gewiss kein kirchlicher Moment gewesen, aber ein zutiefst menschlicher. Nicht alles, was er getan hatte, war richtig gewesen, und dennoch würde er ihr am Ende zumindest etwas Gerechtigkeit zukommen lassen. So hatte auch sie ein bisschen gewonnen. Er bekreuzigte sich, dankte dem Herren, der erst seit Kurzem wieder auf seiner Freundesliste stand, und zündete sich ein Gerät an. Irgendwie musste er ja wieder „runter" kommen.

Es hatte lange gedauert, bis ich mich getraut hatte, das Auge erneut zu öffnen. Hatte etwas von den drei Äffchen, die nicht hören, sehen oder sprechen – ich war nicht schweigsam, hörte alles, aber sehen wollte ich nichts mehr. Geräusche können einem schon Angst machen. Wer aber Grauenvolles wie den eigenen Tod schon mal vor Augen hatte, der will nicht mehr sehen. Überhaupt ist es erstaunlich, wie viel der Mensch so ertragen kann. Nicht nur im psychischen Sinne, vor allem unser Körper ist ein wahres Wunderwerk. Man kann ihn quetschen, abfressen, auflösen und in gewisser Hinsicht sogar teilen und trotzdem leben wir weiter. Wir sind sogar besser als meine

Wurmfreunde. Die können sich nur replizieren, solange nicht mehr als die ersten fünfzehn vorderen Segmente abgetrennt werden, kein Wunder, dass sie ständig den Käfern und Maulwürfen zum Opfer fallen. Verdammte Käfer!
Nach überstandener Fertigungsstraße war ich zusammen mit der Komposterde in einem LKW, einem Betonmischer, gelandet. Zumindest ging ich davon aus. Alles war ständig in Bewegung, drehte sich, rotierte, dabei fiel ich ständig von einer auf die nächste Schaufel. Der Aufprall war aufgrund der geringen Abstände nicht hart, aber doch spürbar. Ich versuchte, mich an einer der riesigen Schaufeln festzuklammern, fand aber keinen Halt. Um mich herum fiel die Komposterde, die wenigstens nicht mehr nach Gülle und verfaulten Kadavern stank, von einer Kammer zur nächsten. Die Schmerzen aber hielten sich Gott sei Dank in Grenzen, überhaupt, als das Fahrzeug stehen geblieben war.
Danach wurde entladen, ich spürte, wie mein Arm, besser gesagt die Teile, die noch übrig geblieben waren, durch die gegenläufige Rotation zum Ausgang transportiert wurde. Obwohl ich mir geschworen hatte, mein Auge nicht mehr zu öffnen, kam ich nicht drum herum, ihm nachzusehen, wie er aus der Mischtrommel auf einen Traktoranhänger verladen wurde. Ich kannte sogar den Fahrer und damit auch den Ort, an dem ich nun war. Es war Herwig, unser Vorarbeiter. Ich rief meinem Arm nach, der in diesem Augenblick direkt vor Herwigs Nase lag. Aber er wollte mich nicht sehen, nicht hören und mir schon gar nicht helfen. Das Gegenteil war der Fall. Er stach mit der Heugabel nochmals auf meinen Arm ein, spaltete weitere Stücke von ihm ab. Wer schon einmal einen Arm verloren hat, weiß vielleicht, wie stark Verlustschmerzen sein können, für mich aber war Herwigs Verhalten, seine Ignoranz gegenüber dem Offensichtlichen, noch schlimmer. Er hätte

meinen Arm erkennen müssen. Hätte meine Hilfeschreie, auch wenn sie leise waren, hören müssen. War es ein Racheakt gewesen? Weil ich damals vor zwei Jahren dieses eine Mal mit ihm geschlafen hatte? War es vielleicht, weil er sich davon eine Beförderung oder Gehaltserhöhung erhofft hatte? Steckte er mit der geistesgestörten Recknal unter einer Decke?
Dann wurde es wieder dunkel. Die Trommel fing sich erneut an zu drehen, diesmal in die andere Richtung. Es ging wieder zurück, tief hinein in die Mischtrommel. Die Fahrt ging weiter und ich konnte mich noch weniger festhalten als zuvor Ich versuchte es gar nicht mehr, ließ mich einfach durcheinanderwirbeln. Irgendwann gewöhnen sich Körper und Geist an jede Form der Qual. Man verliert dann nicht mehr das Bewusstsein, man schließt nur noch das Auge und ist schon in einer anderen Welt. Schmerzen vergehen nicht, doch sie werden zum ständigen Begleiter, einem Phantom, wie meine neuen Freunde – die Würmer. Nur wenige von ihnen hatten das Gemetzel in der Werkshalle überlebt. Ich war froh, dass wenigstens einige von ihnen weiterexistierten. Noch vor wenigen Monaten hätte ich jeden für verrückt erklärt, der mir erzählt hätte, dass ich für Lebewesen, die mir das Fleisch von den Knochen gelösten hatten, Sympathie empfinden würde. Doch die Zeit im Silo hatte mich verändert. Die Einsamkeit macht großzügig, sie verändert von innen heraus, formt in gewisser Hinsicht Neues aus Altem. Ich war sogar ein wenig euphorisch. Warum auch nicht? Zumindest war ich draußen, hatte den Tank, hatte mein Gefängnis verlassen. Die alte Recknal hatte es nicht geschafft, mich umzubringen. Bald würde Hilfe kommen, es war nur eine Frage der Zeit, bis ich auch aus dem LKW befreit würde. In den letzten Monaten hatte ich gelernt, meine Kräfte behutsam einzuteilen, nur das Notwendigste an Energie zu verbrauchen. Mein Überleben beruhte auf effizienter Ressour-

ceneinteilung und positivem Denken. So entspannte ich mich und dachte an alles, was gut war – Sex, gutes Essen und die wenigen Käfer zum Beispiel! Ja, Gottes liebste Folterknechte hatten die Fertigungsstraße größtenteils nicht überlebt. Gegen die Hydraulikpresse half auch ein Chitinpanzer nicht. Die wenigen Überlebenden hatten eine Kolonie gebildet und waren so mit der neuen Umgebung beschäftigt, dass sie mich ignorierten. Die kleinen Bestien! Wahrscheinlich waren sie nur sattgefressen oder meine Knochen schmeckten ihnen nicht mehr. Ganz egal, Hauptsache, sie ließen mich in Ruhe.

Kapitel XI – von Geständnissen und Heroin

Der Tag X war gekommen. Am Nachmittag hatte sie der Priester verständigt, unwiderlegbare Beweise für ihre Täterschaft am Verschwinden von Frau Altgsell zu haben. Dabei hatte er ihr die Wahl gelassen, freiwillig in die Hauptpfarrkirche zu kommen, ein Geständnis in Form einer Beichte abzulegen, oder aber von der Polizei öffentlich abgeführt zu werden. Würde sie sich für Letzteres entscheiden, könnte er nicht garantieren, dass die Verhaftung im Stillen und nicht vor Belegschaft oder Familie vonstattengehen würde. Eine Option also, die für Frau Recknal schlichtweg nicht vorhanden war. Die Familie war heilig, sie galt es zu schützen, nichts anderes hatte sie je getan – Gott wusste das am besten.
Für den Fall, dass der Gesandte unrecht behalten würde, wären ihre Kinder im Schoße der Kirche in Sicherheit. Martin würde eine Apanage erhalten, die ihm zwar kein sorgenfreies Leben ermöglichen, aber die Überantwortung seiner Kinder erleichtern würde. Die Papiere waren für diesen Fall schon vorbereitet und der Formalakt würde über die vatikanischen Behörden, Innenministerium und Bischofskonferenz schnell, verdeckt und unbürokratisch über die Bühne gehen. Der Arm Roms war auch heutzutage noch um einiges länger, als sich das der Durchschnittsbürger ausmalen konnte. Das Privileg der kirchenstaatlichen Staatsbürgerschaft würde auf ihre Kinder übergehen, auch wenn diese durch Kardinal Rionale adoptiert und damit rechtlich nicht mehr ihre Kinder sein würden. Der Gedanke brach ihr zwar das Herz, aber nur so hätte sie sich in den Spiegel schauen oder Gott gegenübertreten können – im Bewusstsein, ihre Familie mit allen Mitteln beschützt zu haben.

Auf dem Weg zum Priester war sie noch beim Steinmetzbetrieb Rauch vorbeigefahren und hatte letzte Feinheiten rund um ihre neuen Designerwaschbecken aus Basaltgestein geklärt. Wenn schon wohnen, dann mit Stil, und sollte sie das Haus verkaufen müssen, wären Anmutung und Werthaltigkeit des Raumes dadurch in jedem Fall gestiegen. Das Glas Wein, das ihr dabei angeboten wurde, hatte sie mit Freuden angenommen, würde sie heute ins Gefängnis gehen, wäre es wohl der letzte „Tropper" für lange Zeit gewesen. Nicht dass sie der kirchlichen Macht nicht trauen würde, ihre Sorge galt eher dem Willen der Beteiligten und für den Fall der Fälle wollte sie wenigstens ein letztes Abendmahl, wenn auch flüssig, genossen haben.
Sie parkte gegenüber der Raiffeisenfiliale, musste an den gierigen Banker Rumaiter denken und wunderte sich insgeheim, dass man im Volksmund den Juden die Gier zuschrieb, wo es doch gerade in Österreich der kirchlich-bäuerlich dominierte Bankensektor war, dem eine gewisse Habsucht nicht abzusprechen war. Interessiert blickte sie ins Solarium, es war Stradens erste Sonnenbank und wäre sie nicht von der hautschädigenden Wirkung überzeugt, sie hätte sich gerne einmal ein paar Sonnenstunden gegönnt. Natürlich gab es auch Nationalratsabgeordnete, die sich zum „Braunarium" bekannten, ja fast einen Boom desselben ausgelöst hatten, aber sie fürchtete um ihre helle Haut. Schon komisch, wie sich die Gesellschaft so ändern konnte! Ihre Großmutter hatte noch tunlichst genau darauf geachtet, nicht mit Sonne in Berührung zu kommen, um nicht der Arbeiterklasse zugerechnet zu werden, während ihre Kinder in der Schule gehänselt wurden, wenn sie Ende Februar noch keinen südländisch dunklen Teint vorweisen konnten.
Als sie die Trafik Flor passierte, wurde sie vom jüngeren Sohn des Trafikanten schelmenhaft gefragt, ob sie zufällig wüsste,

wo Frau Altgsell liege, denn diese hätte noch unbeglichene Rechnungen und er, Gerald, sei beauftragt worden, die offene Forderung einzutreiben. Obgleich sie die Unverfrorenheit, mit der ihr der Jüngling begegnete, befremdlich fand, bewunderte sie doch die rohcharmante Art dank der er, ortsbekannt, Menschen necken konnte, ohne sie sich zum Feind zu machen. Sie ging entlang des Tabors weiter, aus der Froschperspektive wirkte die Sebastianikirche wie der kleine, schutzbedürftige Bruder der Hauptpfarrkirche. Bevor sie die Kirche betrat, begutachtete sie noch das Rosenbeet der Pfarre, die Erde fühlte sich weich, frisch und nährstoffreich an – und das war ihr Verdienst. Die Menschen würden nur die erhabenen Rosen bewundern, doch sie wusste, dass der Komposthumus das eigentliche Wunder war.
Die Türe quietschte, als sie sich gegen die massiven Holzflügel stemmte, um das Gotteshaus zu betreten. Der Prälat stand in schwarzer Soutane mit rubinroten Knöpfen sowie obligatorischem Collar vor dem Altar und erwartete sie bereits. Er begrüßte sie und gab ihr zu verstehen, dass die Polizei von ihrem Kommen unterrichtet war und bald vor Ort eintreffen würde. Eine Information, die sie nicht weiter tangierte – Gottes Wille würde geschehen, ganz gleich, wie dieser aussah. Ruhig griff sie in die Tasche und kramte nach ihren Zigaretten. Der Priester wirkte nervös.
„Sie wirken nervös, Herr Prälat! Fühlen Sie sich in meiner Gegenwart nicht lebendig genug?“, die Unternehmerin zog blitzschnell die Zigarettenpackung. Für einen Sekundenbruchteil zuckte der Pfarrer zusammen, dann fing er sich wieder.
„Lassen Sie die Spielchen! Es ist vorbei und das wissen Sie.“
Frau Recknal nahm eine Memphis aus der Packung und zündete sie provokant langsam an. Sie wollte den Priester aus seiner Komfortzone zwingen. Dazu würde sie ihn, möglichst in

seiner gewohnten Umgebung, aus der Fassung bringen müssen – am besten durch ein Verhaltensmuster, das er nicht erwarten würde.

„Mein Gedanke dazu", sie stellte sich vor den Priester und blies ihm dabei langsam den Rauch ins Gesicht, „ist, dass Sie es sind, der die Spielchen spielt. Dass Sie es sind, der nichts beweisen kann, und dass Sie es sind, der verzweifelt versucht, das Verschwinden seiner, wenn man den Gerüchten Glauben schenken wollte, Affäre, mir in die Schuhe zu schieben!"

Entgegen ihrer Hoffnung zeigte sich Priester Rangl von ihrer Darbietung wenig bis gar nicht beeindruckt. Er lächelte, entwendete ihr dabei mit einem schnellen Handgriff die Zigarette und töte diese im Messkelch ab. Danach griff er gelassen zum Altar, wo er drei vorgedrehte Torpedos platziert hatte. Genussvoll zündete er sich einen an, ließ den Qualm durch beide Lungenflügel tanzen und atmete über Mund und Nase, dicht vor ihrem Gesicht wieder aus.

„Und mein Gedanke dazu", sprach er mit ruhiger und kraftvoller Stimme, „wäre gewesen, Ihnen vor Gott das Gewissen zu erleichtern. Die Videoaufzeichnungen, die Sie meinten gelöscht zu haben, existierten als Sicherungsdatei weiter. Und ich hab eine Kopie davon! Dank Ihrem Mann! Die Aufzeichnungen beweisen nicht nur, dass es mindestens zwei Wildschwein-Muttertierfamilien am Rosenberg gibt. Sie beweisen auch, dass Sie Julis BMW auf den alten Jägerparkplatz gefahren und dort abgebrannt haben. Danach sind Sie mit dem Rad geflüchtet und kurz vor Ende meines Gottesdienstes wieder in Ihrem Haus gewesen. Die Frage lautet also nur „Was" und „Warum"! Was haben Sie mit ihr getan und warum?"

Der unwiderrufliche Beweis, dass sie von Martin hintergangen worden war, traf sie wie ein Schlag ins Gesicht. Lange hatte sie sich einzureden versucht, dass die Handschrift auf dem

Zettel nur eine zufällige Ähnlichkeit mit der ihres Mannes hatte. Erinnerungen jagten wie Blitze durch ihr Gehirn. Die Überwachungskameras, der vertraute Umgang Martins mit dem Priester! Keine Einbildung – Realität. Sie war von ihrem Mann verraten worden, alles schien vorbei, wirkte sinnlos. Wozu also mit dem Prälaten spielen? Ausgebrannt, leer und dennoch gefasst trat sie vor, fixierte ihn mit ihren Augen:
„Haben Sie schon mal etwas so geliebt, dass Sie alles tun würden, um es zu beschützen? Und ich meine nicht Ihre kleine Cannabis-Leidenschaft oder eine weltliche Äffäre! Ich meine Familie. Partner, Kinder – das gesamte Paket!", sie blickte ihm tief in die Augen, sah ihn verachtend an, „nein, haben Sie nicht. Weil Sie niemanden lieben! Weder Gott noch andere noch sich selbst. Sie sind die ärmste Kreatur von allen, Sie haben nicht eine Person auf der Welt, die Sie zum Preise Ihres Lebens beschützen würden! Sie sind ein Niemand, eine seelenlose Hülle, unfähig, die Heiligkeit der Familie, Gottes Wille zu leben!"
„*Merda!* Miststück!", der Prälat verlor seine Contenance, „dann haben Sie Juli wegen einer Affäre mit Ihrem Mann getötet? Um Ihre Familie zu beschützen? Mord als Wille Gottes?"
Der Priester hatte sich wieder gefangen. Dass ein kranker Geist in Frau Recknal wohnte, der Verdacht eines Dämons tat sich in diesem Zusammenhang auf, war ihm schon vor Monaten gekommen. Zu perfide, zu kalkuliert, zu emotionslos war sie aufgetreten. Ohne dass es die Unternehmerin bemerkt hätte, stand sie direkt neben seinem Handy, das mittels einer Tonband-Application ihr Gespräch aufzeichnete. Das Video bewies vielleicht ihre Komplizenschaft, er war sich aber nicht sicher, ob es als Beweismittel überhaupt zulässig war. Doch sogar wenn, er würde die Leiche oder ein Geständnis be-

nötigen, um die Frau zu überführen. Die Nachricht, dass die Videosicherung erst durch die Mithilfe ihres Mannes möglich geworden war, hatte sie wie erwartet aus der Reserve gelockt. Die sonst so rational und berechnend agierende Frau wirkte geknickt – es war der richtige Zeitpunkt für einen letzten Schachzug.

„Vielleicht haben Sie recht!", ging er zum Schein auf ihre Situation ein, „ich muss es ja wissen! Wie Sie bereits sagten, Juli und ich hatten ein Nahverhältnis. Und sie war eine Schlampe, auch mich hat sie verführt. Leider war ich nicht so stark, nicht so weitsichtig wie Sie. Vielleicht neide ich Ihnen nur die Stärke, sie umgebracht zu haben! Wahrscheinlich hat mir selbst nur der Glaube gefehlt!"

„Womöglich! Gott stellt uns alle vor Prüfungen, es liegt an uns, sie zu bestehen."

„Und Sie haben sie bestanden! Man wird keine Leiche finden, nicht wahr? Sie haben Sie verschwinden lassen?!", der Priester hatte sie, wo er wollte, und ging aufs Ganze.

„Herr Prälat! Unser Körper ist nur eine Hülle! Wenn wir sterben, werden unsere Überreste wieder zum Ursprung, werden zum Quell neuen Lebens. Es heißt doch – Asche zu Asche, Staub zu Staub!"

„Sie haben sie also getötet und verbrannt?", hakte der Priester nach.

„Ich habe sie erlöst – Gott weiß das am besten!"

Pfarrer Rangl war sich ziemlich sicher, dass diese Aussagen in Verbindung mit dem Bildmaterial der Kameras für eine Verurteilung der Unternehmerin reichen würden. Er nahm das Handy langsam an sich und speicherte die Aufnahme. Er dachte an Juli, seinen Vater, diesmal hatte er alles richtig gemacht, ihnen Ehre erwiesen. Frau Recknal war in einem merkwürdig euphorischen Zustand, als hätte sie zu viel Cannabis konsumiert. Gerade hatte er sie auf die Kirchenbank gesetzt, als es an der Tür pochte. Endlich, die Polizei.

Der Priester ging zur Tür. Sein Haus stand jedem Stradner zu jeder Zeit offen, in kalten Wintertagen hielt er die Räumlichkeiten durchgehend beheizt, um Romagruppen, die dann und wann auf der Durchreise waren, einen warmen Schlafplatz bieten zu können. Diesmal jedoch war die Türe zur Hauptpfarrkirche verschlossen. Frau Recknal sollte keine Fluchtmöglichkeit erhalten, sollte in kirchlichen Räumlichkeiten den Beginn weltlicher Bestrafung abwarten müssen. Wieder pochte es an der schweren Holztür. Typisch für die Polizei, dachte er, erst monatelang der Passivität den Vorzug geben und im nächsten Moment mit der Tür ins Haus fallen. Er öffnete und erschrak.
„Was zum Teufel machen Sie hier?", platzte es aus dem Prälaten heraus.
„Ein Kardinal ist mit ‚Eure Eminenz' anzusprechen! So viel sollten, Drogenkonsum hin oder her, sogar Sie noch wissen – Monsignore Rangl!", antwortete die Person.
In der Tat hatte es für den Priester den Anschein, als stünde er dem Leibhaftigen gegenüber. Der Kardinal, gegen dessen Machenschaften er so lange ermittelt, der ihn letzten Endes seine Stellung in Rom gekostet hatte, stand plötzlich mitten in Straden, vor seiner Kirche. Der 70-jährige Mann, dessen Augen so scharf, so durchdringend blau blitzten, lächelte ihn an. Es war kein freundliches oder warmes Lächeln. Es war das Lächeln eines Wilderers, der einem Elefanten bei lebendigem Leibe die Elfenbeinzähne herausschnitt. Seine Anwesenheit verhieß nichts Gutes, es galt demnach herauszufinden, welche Mission der Kardinal verfolgte, warum er nach Straden gekommen war.

„Bitte um Entschuldigung – Eure Eminenz! Was führt Euch nach Straden, doch wohl nicht die Sorge um meine Person!"

„Nicht so bescheiden Monsignore! Ihr liegt mir am Herzen, unterschätzt meine Zuneigung nicht", der Kardinal tätschelte ihn barsch an der Wange, „seitdem Ihr Rom unglückseligerweise verlassen musstet, hat sich viel getan. Der gesundheitliche Zustand unseres Heiligen Vaters wird schlechter. Wer nach dem nächsten Konklave noch im richtigen Boot sitzen möchte, muss sich heute entscheiden, welche Hand ihm morgen Brot und Wein reicht. Wissen Sie, warum es die Ewige Stadt heißt?"

„Weil die Stadt schon ewig unter korrupten und vermeintlichen Gottesdienern leiden muss?", schoss es aus dem Priester heraus.

„Nein. Weil die Machtstrukturen auf ewig Bestand haben und sarkastische Querulanten mit Ausnahme der eigenen Versetzung nichts bewirken. Außer vielleicht, dass man sie im Auge behält und ihnen bei Gelegenheit auf die Finger schlägt – wie all den inneren Feinden unserer Kirche."

Prälat Rangl musste sich schwer beherrschen, um dem Mann, den er als seinen Intimfeind bezeichnen würde, nicht selbst körperliche Schmerzen zuzufügen. Während seiner Zeit im vatikanischen Aufklärungsdienst „Pro Deo" hatte er vergeblich versucht, den Kardinal für die federführende Beteiligung an Geldwäsche und Bestechung rund um Kirchengelder zur Verantwortung zu ziehen. Nachdem man ihn von den Ermittlungen abziehen hatte wollen, war er über einen befreundeten Journalisten des „Messaggero", der fünftgrößten Tageszeitung Italiens, an die Öffentlichkeit gegangen. Unerfahren und naiv war er davon ausgegangen, dass der zu erwartende öffentliche Aufschrei die Augen der kirchlichen Obrigkeit für die Korruption im eigenen Staate würde öffnen können. Praktisch aber hat die Kirche mehr als zweitausend Jahre Erfahrung in PR, sie war die Mutter der Öffentlichkeitsarbeit. Während man über den „Osservatore Romano", der Tageszeitung des Apostolischen Stuhls, seine Ermittlungstätigkeit lobte und schnell einen rangniedrigen Sündenbock gefunden hatte, wurden die Ermittlungen still und heimlich abgedreht. In der Außenwirkung war seine Ernennung zum Ehrenprälaten, einem Berater des Heiligen Stuhls, der Dank für seine Verdienste. Mit der Versetzung nach Straden hatte man ihm theoretisch einen ranghöheren, öffentlichen Posten zugeteilt – praktisch hatte man sich seiner elegant entledigt, womit auch der „Fall Rionale" zu den Akten gelegt worden war. Nun aber war der Kardinal wieder im Spiel, in seinem Spiel, und ihn beschlich das Gefühl, dass er vom Spieler zur Marionette degradiert worden war. *Merda!* Er musste die Kontrolle zurückgewinnen.

„Ihr wollt mir den Grund Eures Besuches also nicht nennen, Eure Eminenz?"

„Liegt der nicht auf der Hand? Sie haben das Fax der Diözese Graz-Seckau doch erhalten. Wo ist der Vertrag ‚DVS-01/15-StGS'?", fragte der Kardinal fordernd.

„Die Polizei kommt gleich und wird diese Frau", der Prälat deutete nervös auf die Unternehmerin, „wegen Mordes, oder Beihilfe dazu, festnehmen! Erwarten Sie wirklich von mir, dass ich Ihnen jetzt einen albernen Vertrag aus dem Archiv hole, der noch dazu in einem Schrank ist, für den niemand einen Schlüssel hat."

„Ob Schlüssel- oder Schuldfrage, manchmal, mein lieber Rangl, verbirgt sich die Antwort hinter dem Offensichtlichen!", entgegnete der Kardinal unbeeindruckt.

Im Augenblick, da er die Worte ausgesprochen hatte, zog der Kardinal den verdeckten Teil seiner Halskette unter der Soutane hervor und gab triumphierend lächelnd den Blick auf einen silbernen Schlüssel frei. Während sich der Prälat noch wunderte, war der Kardinal schon dabei, die Kirche zu verlassen, und deutete dem Pfarrer, diesmal mit einer energischen, keinen Widerspruch duldenden Geste, ihn zu begleiten. Über den Seiteneingang betraten sie das Pfarrhaus. Eine schmale Wendeltreppe führte hinab in den ehemaligen Luftschutzbunker, ein Relikt aus dem Zweiten Weltkrieg, der über die vergangenen Jahrzehnte zu einem Großraumarchiv umfunktioniert worden war und neben christlicher Literatur auch regionale Standardwerke beherbergte. Verwundert folgte Prälat Rangl seinem ungebetenen Gast und musste zunehmend erstaunt feststellen, dass dieser über bemerkenswerte Detailkenntnisse seiner Residenz verfügte. Als würde er seit Jahren nichts anders machen, als täglich das Archiv aufzusuchen, zog der Kardinal die schwere Metalltüre auf, durchquerte den Raum und versetzte das mobile Wandregal, um die Türe zum zweiten, unbekannten, weil vor der Öffentlichkeit stets verborgen gehaltenen, Archivteil freizulegen. Sogar er selbst war erst einmal in diesem Raum gewesen. Sobald die Türe geöffnet war, sprang eine rote Notbeleuchtung an und gab den Blick auf drei mit Doppelschlössern versehene Stahlschränke frei. Sie waren zweifärbig und längs jeweils zur Hälfte in rot und schwarz gehalten. Der Kardinal bewegte sich zielstrebig auf den Mittleren zu, steckte seinen Schlüssel in das Schloss des roten Abschnitts und deutete dem Prälaten selbiges auf der anderen Seite zu tun. Eine Vierteldrehung, gegengleich vollzogen, entriegelte den Wandschrank und gab den Blick auf ledergebundene Mappen frei. Ein dem Priester unbekanntes, obgleich ganz klar kirchliches, Wappen zierte jeden einzelnen der Aktenordner. Der Kardinal hatte den fragenden Blick seines Gegenübers bemerkt:

„Das haben Sie in Ihrer ganzen Schnüfflerkarriere noch nicht zu Gesicht bekommen, oder? Was Sie da sehen mein kleiner Rangl, sind vatikanische Zertifikats- und Beurkundungsmappen, das Wappen geht auf Leo XIII. zurück!" Der Priester öffnete eine der Mappen und sah sich den Inhalt genauer an. Die Dokumente schienen standardisierte Verträge zwischen dem Heiligen Stuhl und einzelnen Personen zu sein. Sie waren dreisprachig, auf Latein, Italienisch und Deutsch verfasst und enthielten, soweit er das überblicksartig sagen konnte, Besitzübertragungsurkunden zugunsten einer ihm unbekannten Stiftung mit Sitz in Panama. Weitere Ordner mit immer gleichem Inhaltsmuster stärkten den gewonnenen Eindruck, teilweise waren die Schenkungen und Eigentumsübertragungen mit Auszügen aus Grund- und Firmenbuch hinterlegt.

„Was soll das hier alles? Und was zur Hölle soll das alles mit Frau Recknal zu tun haben?", fragte der Priester.

„Hölle ist ein gutes Stichwort. Wissen Sie, warum sich auf all diesen Ordnern das Wappen von Leo XIII. findet?"

„In der Pfarrkirche steht eine Mörderin und Sie wollen mein Wissen über Leo XIII. testen?"

„Leo XIII. war der erste Camerlengo, der zum Papst gewählt wurde", begann der Kardinal seine Ausführung, ohne auf die Zwischentöne des Prälaten einzugehen. „Er stammte aus niederem Landadel und verfasste die erste Sozialenzyklika des Römischen Reiches. Bis heute gilt er als ‚Arbeiterpapst' und hat die katholische Soziallehre geprägt. Wissen Sie aber, was seine größte Leistung war?", der Kardinal blickte ihn wissend an.

„Dass er sich von gierigen und machtbesessenen Kardinälen nicht hat vereinnahmen lassen?"

„Eben nicht, es war das Wissen, dass es Zugeständnisse an die Mächtigen erfordert, um die Mittel zu lukrieren, die es braucht, um das Proletariat dieser Welt mit Brot zu versorgen. Menschen wie Sie, Rangl, können nur verteilen, was Menschen wie ich zuvor angeschafft haben. Wir sind zwei Seiten derselben Medaille, ob Sie wollen oder nicht!"

Natürlich hatte sich der Kardinal eine rechtfertigende Erklärung für sein unchristliches Handeln zugelegt, das verwunderte Prälat Rangl nicht weiter. Viel überraschender aber war, dass der Kardinal wohl der Auffassung war, dass sein Gerede oder diese mysteriösen Akten irgendetwas mit Frau Recknal zu tun hatten. Pfarrer Rangl beschloss, dass er genug gehört hatte. Er musste zurück in die Hauptpfarrkirche und die jeden Moment eintreffende Polizei instruieren.

„Nehmen Sie Ihre Akten, Ihre Medaillen oder weiß der Teufel was einfach mit. Ich muss wieder zurück und warte auf das Eintreffen der Polizei", sagte er und ging zur Tür, als ihn der Kardinal anherrschte:

„An Ihrer Stelle würde ich vorher diesen Akt lesen. Sie wollen doch sicherlich kein zweites Mal voreilig in die Öffentlichkeit gehen!"

Priester Rangl blieb ruckartig stehen, trat ein paar Schritte zurück und nahm den ihm gereichten Ordner entgegen. Mit dem Hinweis, dass er die Vertragsergänzung gleich einordnen könnte, übergab ihm der ungebetene Gast ein zusätzliches Kuvert. Der Priester öffnete beides und staunte nicht schlecht. Bislang hatte er mit Namen und Firmen in den Akten nichts anfangen können, jetzt aber war das anders. Die Aktennummer „DVS-01/15-StGS" betraf einen Aktiendeal, ein Nominalgeschäft zwischen Frau Recknal und der Stiftung. Sie hatte offensichtlich die Eigentumsrechte ihrer Firma an die ominöse Foundation in Panama übertragen. Aber warum? Selbst bei einer Verurteilung wegen Mordes hätte sie das Unternehmen behalten oder ihren Kindern vermachen dürfen. Warum also vermachte sie ihr Lebenswerk einer Stiftung? Die Schenkung machte ohne entsprechende Gegenleistung einfach keinen

Sinn. Außer wenn .. er blickte ins Antlitz des Kardinals. Sein Magen verkrampfte sich. Sogar im Halbdunkel des spärlich ausgeleuchteten Archivs konnte er das triumphierende Lächeln seines Gegenübers sehen.

„*Merda!* Ich hätte es ahnen müssen. Das ungewöhnliche Ansuchen der Diözese Graz, das Fehlen eines Absenders oder einer verantwortlichen Stelle – das Fax enthält alle Zutaten für ein glaubwürdiges Dementi Eurerseits! Dazu das Timing Eures Besuchs, die genaue Kenntnis des Archivs! Ihr seid wegen ihr hier, nicht wahr?!"

„Heute Frau X, morgen Herr Y! Meine Mission, mein kleiner Recknal, gilt nicht einzelnen Personen, sondern dem Wohle der Gesamtkirche."

„Dem Wohl der Stiftung, wolltet Ihr sagen!", fuhr ihm der Priester ins Wort.

„Dem Wohl der Gesamtkirche, wollte ich sagen. Die Stiftung und Frau Recknal sind ein Teil davon."

„Dann wird, wie ich das sehe, wohl ein Teil der Gesamtkirche in Kürze verhaftet werden", entgegnete der Priester angriffslustig. So einfach würde er sich nicht geschlagen geben.

„Sie verstehen schon wieder nicht, mein kleiner Rangl! Frau Recknal hat der Christengemeinde alles überschrieben, was sie besitzt und jemals besitzen wird. Dank ihr werden hunderte soziale Projekte in Afrika und Lateinamerika realisiert werden. Sie hat für ihre Verfehlungen ausreichend Buße getan."

„Das werden die weltlichen Gerichte zu klären haben. Diese Form des Ablasshandels ist ja schlimmer als im Mittelalter. Hier geht's um Mord, um ein Menschenleben. Sie können mich vielleicht versetzen lassen oder aus dem, was Sie Kirche nennen, ausschließen, aber Sie werden mich nicht davon abhalten, diese Frau hinter Gitter zu bringen!" Empört wich der Prälat zurück, um erneut in Richtung Ausgang zu gehen.

„Und wie wollen Sie das bewerkstelligen?", fragte der Kardinal gelassen.
„Will ich was bewerkstelligen?"
„Meines Wissens braucht es sogar in der Steiermark Beweise, um wegen eines Verbrechens verurteilt zu werden."
„Da macht Euch mal keine Sorgen, Eure Eminenz."
„Ich mache mir auch keine Sorgen, Euch würde ich ebendiese allerdings sehr wohl empfehlen."
Der Priester hatte die letzten Worte des Kardinals kaum noch verstanden, da er das Archiv mit schnellen Schritten verlassen hatte. Zu groß waren Ärger und Enttäuschung über die Haltung der offiziellen Kirche. Hatten sie wirklich geglaubt, dass er sich erpressen lassen würde? Dass er das Freikaufen einer potenziellen Mörderin akzeptieren würde? Nein, nicht mit ihm.
Gerade wollte er die Türe zu seinem Büro öffnen, als ihn mehrere Arme von hinten packten und sekundenschnell zu Boden warfen. Die Männer sprachen nichts, hatten aber zweifellos eine Form der Nahkampfausbildung genossen – zumindest nach Geschwindigkeit und Schmerzhaftigkeit, mit der er überwältigt worden war, zu urteilen. Sein Kopf, den man wuchtig gegen Knie oder Boden, genau konnte er das nicht sagen, geschlagen hatte, schmerzte höllisch. Auch etwas Blut rann aus seiner Nase. Der Kardinal war ebenfalls eingetroffen und lächelte ihn an:
„Mein lieber Rangl! Sie scheinen noch immer nicht zu verstehen. Wer unter dem Schutz des Heiligen Stuhls steht, wird weder verhaftet noch angeklagt!"
„*Merda!*", der Priester schrie vor Wut, „und wie wollen Sie das verhindern? Indem mich Ihre Gorillas zu Tode penetrieren?"
Eine Bemerkung, die dem Priester sehr schnell, sehr leid tat, da es ein dezentes Kopfnicken des Kardinals in Richtung des Man-

nes, der ihn festhielt, auslöste. Sekundenbruchteile später durchzog ein Schmerz seinen Körper, von dem er dachte, er würde das Ende seiner Tage bedeuten. Der Prälat rang nach Luft, man hatte ihm gerade mehrere Rippen gleichzeitig gebrochen.

„Es heißt ‚Eure Eminenz' mein lieber Rangl", antwortete der Kardinal gelassen, „und seid versichert, die Schweizer Garde penetriert niemanden zu Tode, nicht mal unhöfliche Prälaten. Und was die Beweise betrifft, also die Videoaufzeichnungen samt der Sicherungskopien auf der externen Festplatte oder im Firmennetzwerk von Recknal's gARTen – die sind unwiederbringlich zerstört."

„Damit werdet Ihr niemals durchkommen!", zischte der Priester mit schmerzverzerrtem Gesicht, „dann wird sich die Polizei eben Eurer Person annehmen. Ihr könnt mich nicht zum Schweigen bringen!"

Der Kardinal blickte ruhig und gelassen auf ihn herab. Die Worte des Prälaten schienen ihm nicht den Anflug einer Sorge zu bereiten. Er schüttelte nur belustigt den Kopf und fuhr fort: „Mein kleiner Rangl, jetzt enttäuschen Sie mich schon wieder. Nach so vielen Jahren sollten Sie doch wissen, dass die Kirche niemanden zum Schweigen bringt. Sie veranlasst höchstens, dass jemandes Wort kein Gehör findet. Die Polizei wird außer einem Priester, dessen Drogenscreening auf die Injektion einer größeren Menge Heroin schließen lässt, gar nichts finden. Keine Eva Recknal, keine doppelschlössigen Wandschränke, keine Handys mit aufgenommenen Geständnissen – nur einen Geistlichen mit offensichtlichen Drogenproblemen!"

Das Letzte, was Prälat Rangl sah, war, wie einer der mit Sturmmasken vermummten Männer dem Kardinal eine aufgezogene Spritze reichte. Sein linker Arm war schon davor fixiert, sein Kopf auf den Boden gepresst worden. Er sollte mitansehen müssen, wie ihm die Injektion verabreicht wurde. Dunkelheit!

Straden, Hauptpfarrkirche, heute …

Es ist schon interessant, wie wenig Notiz die Menschen von einem nehmen, wenn man unter Rosensträuchern liegt. Die Leute sehen nur die verdammten Rosen, sehen nur die schöne Fassade. Sie blicken nicht dahinter, schon gar nicht darunter. Warum sollte man sich auch Mühe geben, wenn unter oberflächlicher Schönheit doch nur die unbequeme Wahrheit, geschundene Erde liegt. Aber die Sache hatte auch etwas Gutes. Wer nur mehr im Verborgenen lebt, ist für seine Mitmenschen tot. Ich konnte weder Straden noch mein Beet noch die Atlas-Zeder verlassen, zumindest nicht in einem Stück und ohne Mithilfe des Windes. Und trotzdem – ich war freier als jemals zuvor.

Zuerst verließ Frau Recknal die Kirche. Sie wirkte befreit, auch wenn sie wohl etwas neben sich stand. Sie berührte mich, ich glitt durch ihre Hände, ihre Finger waren eiskalt. Anfangs wollte ich laut schreien, doch in den letzten Monaten hatte ich das Sprechen, ja sogar das Ausstoßen einfachster Laute verlernt. Vielleicht hörten mich die Menschen einfach nicht mehr. Sei es drum, es macht keinen Unterschied. Eva, ich nenne meine Feinde mittlerweile nur beim Vornamen, tötete noch eine letzte Zigarette auf mir aus, bevor sie in die Nacht verschwand. Miststück! Hätte Martin noch einen Grad von Restattraktivität, ich würde wieder und immer wieder mit ihm schlafen. So lange, bis er sie samt Familie wegen mir verlassen hätte. Danach hätte ich ihn ebenfalls abserviert, aus Rache, niemand würde mir ungestraft seine mordlustige Ehefrau auf den Hals hetzen. Zumindest kein zweites Mal.

Die schwarz gekleideten Männer kamen als Nächstes. Sie schienen schwere Kästen zu transportieren, die sie in den Mercedes Sprinter verluden, mit dem sie gekommen waren.

Es waren schwarz-rote Wandschränke, sie schimmerten im Mondlicht, fast so schön wie die Gewandung des Kardinals. Er kam auf mich zu, im Schatten des Kirchenmannes schleiften seine Gehilfen etwas nach – einen Gegenstand, einen Sandsack oder so. Der Kardinal blieb stehen und gab eine Anweisung, auf Italienisch, deswegen verstand ich sie auch nicht. Bis Mauritz plötzlich mit geschlossenen Augen neben mir lag. Er war es, den sie hinter sich her geschleift und auf das Rosenbeet geworfen hatten. Er war abwesend, stöhnte mitunter! Seine Augenlider zuckten in unregelmäßigen Abständen, nach ein paar Minuten begann er am ganzen Körper zu zittern. Es sah nicht nach einem epileptischen Anfall oder so aus. Er kämpfte offenbar, versuchte seine Augen zu öffnen, doch ich spürte – eine Gabe, die ich gerade das erste Mal erlebte – seinen Schmerz. Der Druck in der Stirn wurde immer größer, drückte auf das Auge, das nicht mal mehr zucken konnte. Ich war entsetzt. Nicht weil mir der Prälat leid tat, sondern weil ich seinen Schmerzen so krass empfand. Verdammte Scheiße! Wenn ich mich stark auf die Wahrnehmung konzentrierte, war es, als würde ich in seinen Körper eindringen, als würde sein Schmerz auf mich übergehen. Was passierte mit mir? Ich wurde erst aus meinem tranceartigen Zustand gerissen, als der Kardinal direkt auf mich trat. Zu meiner Überraschung tat das nicht weh, es war nur störend. Während er auf mir stand, beugte er sich zum Prälaten hinunter.

„Gott lehrt uns Einsicht und Weisheit, mein lieber Rangl! Und wenn Rom das nächste Mal einen Dienst einfordert, verfügen Sie besser schon über die Weisheit, einsichtig zu handeln. Gott bekommt seinen Willen, so – oder so!"

Er tätschelte noch kurz auf die rechte Wange des Priesters, zeichnete ihm ein Kreuz auf die Stirn und war im nächsten Augenblick zwischen Sebastiani- und Hauptpfarrkirche verschwunden. Es war gruselig, obwohl der Kardinal weg war, blieb eine bedrohliche Stimmung, eine dunkle Aura zurück. Verdammte Scheiße! Auch so ein schauriges Gefühl, das ich plötzlich wahrnehmen konnte. Ich versuchte mich wieder in Mauritz hineinzuversetzen, was zu meinem Erstaunen auch reibungslos funktionierte. Er lag in der eiskalten Nacht mitten im Rosenbeet und fühlte trotzdem eine wohlige Wärme in seinem Körper aufsteigen. Dabei wähnte er sich in einem Federnbett, war weggetreten und beobachtete sich selbst wie ein Kinobesucher einen Film – passiv, von außen! Dazu kam ein Kribbeln, das seinen ganzen Körper erfasste, mal schwächer, mal stärker, aber immer da. Plötzlich verkrampfte sich mein Magen, eigentlich sein Magen, aber das machte keinen Unterschied. Massive Übelkeit setzte ein. Subjektiv schon ein schlimmer Zustand, objektiv erst recht, wenn einen die selbst verständigte Polizei so vorfindet – was in jenem Moment dem Prälaten passierte.

Die Exekutivbeamten, die Mauritz angefordert hatte, um Eva zu verhaften, fanden statt einer Mörderin einen unter Drogen gesetzten Priester vor. Anfangs versuchten sie, ihn anzusprechen, doch außer leichtem Stöhnen brachte der Prälat kein Wort heraus. Der Polizeikommandant staunte nicht schlecht, als er den Priester von seinem Kollegen aufheben ließ und statt Worte zuerst Speichel und Magensäure, später Erbrochenes aus dessen Mund kam. Ich spüre den Ekel und Ärger des Polizisten heute noch. Er ließ Mauritz fallen und unterhielt sich mit seinem Partner, ob es der „Pfaffe" überhaupt verdiene, von einem Krankenwagen abgeholt zu werden, oder ob man ihn einfach seinen „Rausch" ausschlafen lassen sollte. Nach kurzer Diskussion, in der Mauritz seinen halben Mageninhalt über mich und die Schuhe der Beamten entleert hatte, beschlossen die Polizisten dann doch, einen Krankenwagen zu verständigen. Man könne einen Pfaffen schließlich nicht einfach so sterben lassen, das würde spätestens im Leben danach zu Problemen führen – so der Postenkommandant. Die Rettungskräfte waren bald danach eingetroffen und transportierten den Prälaten, der immer noch nicht aufstehen konnte, mit einer Trage ab.

In all dem Trubel hatten mich die Beteiligten wohl übersehen, teils mit Füßen getreten oder waren auf mir gekniet. Es war mir egal, Hauptsache, es würde bald wieder Stille einkehren, hier in Straden, bei mir, im Rosenbeet mit Blick auf die Zeder. Ich hab ja meine Ruhe, bin der verdammte Boden, bin der Humus, bin tot und lebe trotzdem ewig – Gott weiß das am besten.

-ENDE-

Danksagung

Danksagungen sind so eine Sache – wer liest sie überhaupt? Lese ich ein Buch, so kommt die Danksagung am Ende dran oder gar nicht!

Schreibt man aber selbst eines, gewinnt die Danksagung subjektiv an Wert, weil einem bewusst wird, wie viel Unterstützung von außen notwendig ist, um ein Buchprojekt zu realisieren. Deswegen verzichte ich nicht wie ursprünglich angedacht auf diesen Abschnitt, sondern dehne ihn bewusst, über das übliche Maß hinaus, aus. Sollten Sie also kein Interesse haben, so können Sie das Buch jetzt zuschlagen. Nicht du Gerald, du wirst erwähnt!

Zuallererst möchte ich mich bei meiner Lebensgefährtin bedanken. Sie schläft aktuell, was gut ist, so kann sie mich nicht von ihrer Erwähnung abhalten, was sie tun würde, wenn sie könnte, weil's ihr unangenehm ist. Um ihren Anteil an diesem Unterhaltungswerk zu sehen, muss man zuvor wissen, dass ich aus einer komplett anderen Ecke komme – nämlich dem Wirtschaftstreuhandwesen. Die Tätigkeit als Autor ist somit Neuland, was mit Freude, aber zwangsläufig auch mit Zweifeln einhergeht – da kann ich eine richtige „Zicke" sein. Veronika aber hat das alles nichts ausgemacht, zumindest hat sie sich nichts anmerken lassen, war der buchstäbliche Fels in der Brandung. Ohne ihren bedingungslosen Glauben an meine Person hätte ich wahrscheinlich keine einzige Zeile geschrieben, ganz bestimmt aber nichts veröffentlicht.

Mein Dank gilt auch der Familie meiner Lebensgefährtin, es gibt wohl wenige Menschen in der westlichen Hemisphäre, die einen 30-Jährigen reich an Ideen, aber arm an monetären

Tauschelementen nicht nur ein Dach über dem Kopf, sondern stets das Gefühl als „Mensch zu genügen“ geben.
Generell gilt, dass ich ohne den Zuspruch meiner Mutter, meines Bruders, meines Vaters wie auch der Kreditierung durch meine Tante dieses Buch, als Beginn eines neuen Lebens, nicht hätte herausbringen können.
Die Arbeiten im Rahmen dieses Werks wären ohne die Unterstützung durch Herrn Gerald Flor, der hunderte Stunden unentgeltlicher Arbeit in Cover, und Organisation gesteckt hat, schlichtweg nicht erfolgreich gewesen.
Im Besonderen gilt mein Dank aber den „Stradnern“ beziehungsweise den „Südoststeirern“, die durch ihre offene und freundliche Art nicht nur Inspiration waren, sondern dieses Projekt in vielerlei Hinsicht konkret und mit großem Engagement unterstützt haben. Von der Bereitschaft, Originalschauplätze im Handlungsstrang erwähnen zu dürfen bis hin zur großen Unterstützung lokaler Medienschaffender wie auch der Gemeinde Straden selbst wurde mir mannigfache Hilfe zuteil.
Wer sich nun bis zu diesem letzten Abschnitt der Danksagung durchgekämpft hat, ohne persönlich erwähnt worden zu sein – dem möchte ich ebenfalls danken. Danke für die Geduld, danke für den Kauf dieses Buches und viel Freude beim Lesen.

Ihr/Dein

Michael Nehsl

99

127

169